A gatinha e o cronista

A gatinha e o cronista

Braz Chediak

CRÔNICAS

MINOTAURO

A GATINHA E O CRONISTA

AUTOR: Braz Chediak

DIRETOR DA ALMEDINA BRASIL: Rodrigo Mentz
EDITOR: Marco Pace
ASSISTENTES EDITORIAIS: Larissa Nogueira e Rafael Fulanetti
ESTAGIÁRIA DE PRODUÇÃO: Laura Roberti

REVISÃO: Daboit Textos e Palestras Ltda.
CONCEPÇÃO GRÁFICA E CAPA: Eduardo Faria/Officio
FOTO DE CAPA: Plutmaverick/Freepik

ISBN: 9788563920188
Fevereiro, 2023

Dados Internacionais de Catalogação na Publicação (CIP)
(Câmara Brasileira do Livro, SP, Brasil)

Chediak, Braz
A gatinha e o cronista / Braz Chediak. --
São Paulo : Minotauro, 2023.
ISBN 978-85-63920-18-8
1. Crônicas brasileiras I. Título.

22-138362 CDD-B869.8

Índices para catálogo sistemático:

1. Crônicas : Literatura brasileira B869.8

Inajara Pires de Souza - Bibliotecária - CRB PR-001652/O

Este livro segue as regras do novo Acordo Ortográfico da Língua Portuguesa (1990).

EDITORA: Almedina Brasil
Rua José Maria Lisboa, 860, Conj.131 e 132, Jardim Paulista
01423-001 São Paulo | Brasil
www.almedina.com.br

PREFÁCIO

Ler: a ração diária de felicidade

Revelação de cronista, o ator e cineasta Braz Chediak é de Três Corações (MG), mas já tem muitos outros batendo no seu peito de ator, roteirista, cineasta e escritor. Presente nos filmes *Mineirinho, Vivo ou Morto* e *O Meu Pé de Laranja Lima*, Braz Chediak roteirizou todos os filmes que dirigiu: *A navalha na carne*, *Dois perdidos numa noite suja*, *Bonitinha, mas ordinária* e *Perdoa-me por me traíres*,

Além do reconhecimento público por tais trabalhos, ninguém ficará indiferente a este livro do imaginoso cronista. Depois de contemplar o indizível na biblioteca ou no peitoril da janela, sua gatinha vem aninhar-se, supremo atrevimento, no travesseiro do dono. Dono? Ninguém é dono de gato nenhum. Eles são os senhores da casa. No mundo aristocrático em que habitam, ao servo Braz não lhe é dada sequer a gleba do leito de dormir. Quem convive com gatos sabe disso. O desfecho deixará o companheiro morto de saudades.

Mas há outros temas e problemas nesta saborosa antologia de textos curtos de um dos maiores cineastas brasileiros. Perpassa todas as crônicas aqui reunidas uma lentidão imposta pelas circunstâncias. Nós estamos acostumados a vê-la em outros lugares, como observa Norberto Bobbio. Quem faz uma procissão correndo? Que sacerdote sobe ao altar em disparada? As cerimônias públicas, incluindo os funerais, dispensam o tormento da pressa. E também “os velhos estão destinados a ficar para trás enquanto os outros avançam.”

Num dos trechos mais delicados deste livro, o pequeno mistério da pétala ressecada que “uma respeitável senhora, casada e mãe de filhos, deixou cair do missal, em plena missa”. Cochichos daqui e dali, inclusive infantojuvenis, e ela nunca mais foi à missa. E os domingos nunca mais foram os mesmos para o adolescente que sabia guardar o segredo dos amores proibidos.

Primeira noite de casados. O marido não percebe que o recibo da Casa de Joias levará à vingança da moça cujo namorado foi assaltado e morto por ter cinco dentes de ouro, fundidos nas alianças usadas pelo assassino para casar-se com a pré-viúva. Havia sempre uma gota de sangue em cada dia que passava. E também um punhal sob a camisola transparente.

São assim as narrativas curtas de Braz Chediak. Os leitores entram já estreando, tomando lugar no palco e participando do roteiro junto a pessoas, animais e coisas. Animadas ou inanimadas, elas sempre falam e dão recados importantes.

DEONÍSIO DA SILVA

Para

Deonísio da Silva, que me ensinou o outro lado de Zé Bebelo.

Dr. José Roberto de Paiva Gomes, o Gordo, pelo coração de criança.

E Dr. Maurício Gadbem, pela generosidade constante.

Sumário

varanda

A gatinha e o cronista

Há alguns dias apareceu em minha casa uma gatinha de pelos dourados e olhos azuis que se aninhou atrás de um vaso de bromélia. Achei-a bonita mas, com medo de que devorasse os bem-te-vis e as corruíras que invadiram minha varanda, expulsei-a e ela correu para a rua.

Pouco depois estava de volta, deitada no mesmo lugar. Toquei-a novamente mas lá pela quarta ou quinta vez desisti e deixei-a ficar.

No início nossas relações foram boas, eu dando-lhe flocos de ração na boca, alisando seus pelos, fazendo-lhe carinhos. Ela se enroscando em minhas pernas, miando baixinho em meus ouvidos... Mas como toda gatinha (animal) que se preza, pouco a pouco foi ocupando espaço. Mexia em meus livros, tomava meu lugar na frente do televisor e uma noite a encontrei em minha cama, aninhada no travesseiro. Que abuso!, resmunguei e a mandei sair imediatamente. Olhou-me ofendida e, com desdém, erguendo a cabeça deixou o quarto e foi para a calçada.

Passou a me evitar: se eu entrasse na cozinha, por exemplo, ia para a sala. Se me sentasse na varanda, ia dar um passeio pela vizinhança. Nos dias de chuva, como uma adolescente sonhadora, passava horas na biblioteca. Nos dias de sol se espreguiçava, lânguida, no peitoril da janela olhando para o nada.

Achei melhor assim, cada um na sua. Aliás, estou muito velho para ficar preso a uma gatinha intrometida e temperamental.

Mas os dias foram passando, a situação ficando insuportável, e resolvi procurá-la para discutir a relação.

Encontrei-a em frente ao computador. Aproximei-me devagarinho disposto a pedir desculpas, dizer que nunca mais agiria daquele modo mas, para meu espanto, vi que ela olhava sonhadoramente para imagens de gatos angorás e persas, num site especializado e, pior, parecia estar apaixonada.

Levei um susto, pensei que estava maluco... mas me lembrei de uma história contada por García Márquez: no interior da Colômbia, uma velha tinha um gato que falava. Dizia-lhe "bom dia", "boa tarde", etc., etc., e a notícia se espalhou. De repente a cidadezinha foi tomada por parapsicólogos, religiosos, estudiosos de OVNIS, etc., etc., até que uma junta médica foi designada para estudar o fenômeno. Examinaram a velha, o gato, conferenciaram e decretaram: "- O bichano não fala, ele tem um defeito no palato!"

Pensei nessa história, tentei numa conciliação, mas nossas relações nunca mais foram as mesmas.

Me senti humilhado e, tomado por um sentimento de vingança, troquei sua ração preferida por restos de comida. Nos dias de sol, molhava a varanda para que ela não se deitasse, nos dias de chuva trancava as portas e as janelas para que não entrasse.

E pouco a pouco ela foi se afastando, fazendo passeios cada vez mais longos, até que um dia sumiu. Então me deu uma saudade danada, senti falta de seu ronronar, de seus carinhos e saí por Três Corações procurando-a pelas esquinas, praças e botequins, e nunca mais a encontrei.

Ficou um vazio, no lugar do animal, mas...

Ontem vi uma gatinha amarela na janela de uma casa na Rua da Cotia.

Corri até lá... mas a janela estava vazia. Olhei pelas frestas... e tive a impressão de ver um enorme gato malhado lambendo a própria cauda como que se enfeitando para uma festa.

Ou para uma noite de amor.

Mas deve ser só impressão: estou velho, ando confundindo as coisas.

Tenho achado até minha cama muito grande pra mim.

Um mistério chamado amor

Do rádio da vizinha vem uma música da Anitta. Gosto da Anitta, mas não consigo entender a letra por causa da distância entre minha casa e a dela (vizinha). Com esforço, consigo perceber a melodia e a compreendo: é a melodia do tempo. Do agora.

Na Viena antiga, as valsas tinham a melodia das carruagens, do farfalhar dos vestidos longos, de sedas. Hoje, temos a melodia dos carros em velocidade, das rasgadas calças jeans...

Bauman disse que vivemos em um "mundo líquido". Sim, principalmente nas relações entre nós, humanos. Pra nós, as relações são como as águas de um riacho que nunca param e que, se recolhidas em uma cântaro ou numa panela, tomam a forma do cântaro ou da panela.

Tudo é frágil. Vivemos assustados, tudo é imprevisível. Mas...tudo é vida. E, agora, diante do computador, pensando nesta Sexta-feira Santa, sou tomado por uma inquietante certeza: se, mesmo diante de Cristo, já crucificado, perguntássemos a ele o que nos desejaria depois de sua morte, ele nos responderia: "Que vocês vivam, irmãos. Sejam felizes. Amem a terra, as árvores, os rios, o canto dos pássaros, a algazarra das crianças, o gemido de prazer dos amantes na hora do gozo, a amizade na velhice, a compreensão que o Universo é harmonia. E que de harmonia deve ser o sentimento de todos os homens, de todas as mulheres. Da compreensão que somos todos iguais: seres humanos, animais, pássaros, músicas de Mozart ou de Anitta... desde que estejamos unidos na imensa sabedoria chamada Amor, pois só pelo amor vale a vida!".

O rio de minha aldeia

Ontem sentei-me na varanda para tomar as últimas réstias de sol que haviam. A tarde chegava ao fim e as ruas estavam silenciosas. Em paz.

Olhei para o céu e me dei conta de que há muitos dias não vejo e não ouço nenhum avião passar. "Finalmente os homens se aquietaram", pensei. "O vírus, a aproximação da morte, nos fez buscar a vida, a verdadeira vida de simplicidade e meditação, em nosso canto.

Nos fez compreender que por mais belas que sejam as paisagens da Grécia ou da Espanha, são apenas paisagens. Sim, elas podem até nos contar histórias, contar **a** história, mas não nos ajudam a construir o afeto que, talvez, esteja ao nosso lado. E tem tanta coisa ao nosso lado: um vaso de planta, o rio que passa, uma corruíra cantando no muro vizinho... São coisas simples. E elas estão aí, de graça, para nós".

Olhem com os olhos. Olhem com a Alma: é mais bonito um beija-flor que um avião, é mais bonito o ingazeiro debruçado sobre as águas que um transatlântico que nos leva para dar uma volta ao mundo e voltar ao mesmo lugar. É mais bonito o rio de minha aldeia que o Tejo, que os canais de Veneza. "Mas poucos sabem qual é o rio da minha aldeia /E para onde ele vai / E donde ele vem. / E por isso, porque pertence a menos gente, / É mais livre e maior o rio da minha aldeia".

Uma amiga virtual tem postado seus vasos de plantas e dado a elas, a cada uma delas, um nome.

Talvez inconscientemente ela esteja fazendo o que os índios faziam há centenas de anos: davam um nome a cada rio, a cada montanha, a cada planície... Assim eles tratavam tudo como iguais, como seres participantes de suas próprias vidas; e amavam a cada coisa porque cada coisa fazia parte de sua estada aqui e fariam parte da grande viagem, quando cumprissem seu tempo nesse grande corpo vivo que é a terra e voltassem para os Páramos onde haveria abundância de búfalos, de fontes, de tudo o que para eles era o que chamamos de "paraíso".

Volto à varanda e ao silêncio. Não vejo nem ouço aviões. Ninguém está chegando. Ninguém está partindo. Pensando no vírus compreendo porque o medo une tanto as pessoas.

Compreendo que erramos: deveríamos nos unir na coragem de expandir nossos afetos, de revelar nossas fraquezas, de repartir nossas alegrias... de compreendermos que todos estamos caminhando em direção ao grande OM. Assim como o rio de minha aldeia caminha em direção ao mar.

O resto é silêncio

É outono. Olhando a cidade, sinto uma comichão na alma, um sentimento esquisito, vontade de chamar alguém... Será saudade?

Pode ser. Saudade é diferente de nostalgia, de vazio. É um estranhamento que dá vontade de recitar poemas, contar causos...

Aliás, nossa literatura é cheia de saudades, tanto na poesia quanto na prosa e por isto é tão rica.

Na música, então, nem se fala! Até parece que uma está ligada umbilicalmente à outra. Ainda hoje me recordo de Vanja Orico cantando "sodade, meu bem, sodade / sodade do meu amo / foi-se embora, não disse nada / nem uma carta deixô", no filme "O Cangaceiro". E de Vinícius de Moraes antecipando o "brega" e abrindo o peito: "Ai, saudade é se ir morrendo pela vida afora / é ver surgir na lágrima o momento breve / de uma estrela pura / triste como eu..."

Aqui abro um parêntese para dizer que gosto do que chamam de "brega". Ouço música de feira com o mesmo prazer com que ouço Mozart ou Rachmaninoff. Aliás, a música possui a magia de ser própria para cada momento e para todos os momentos de saudade.

A tecnologia nos oferece diversos antídotos para este gostoso sentimento: a TV, o celular, a internet, etc. E, para os que curtem o silêncio, os mergulhos mais profundos, existem os livros e seus mistérios.

Fecho o parêntese e indago: "qual leitor nunca sentiu saudades de Capitu, de Ema Bovary, de Ana Karenina, por exemplo?

Na vida real, saudade também é mistério e sempre me intrigou o poder senti-la por coisas que nunca existiram. Talvez coisas imaginadas com tanta intensidade que passaram a ser uma verdade.

Cito um exemplo: Quando jovem, amei uma mulher de tal maneira que, mesmo depois de separados e distantes, me arrepiava sentindo saudades de sua voz, do ritmo dos saltos de seus sapatos batendo no cimento da calçada...

Ainda hoje tenho nítidos na memória fatos que vivemos juntos. Mas um dia, nos encontrando por acaso, nos sentamos num bar e, como não podia deixar de ser, as recordações vieram e, para minha surpresa, ela não se lembrava de nada que havia me marcado. Assim como eu não me lembrava de coisas que para ela foram importantes.

"... saudade é isto mesmo; é o passar e repassar das memórias antigas.", nos diz Machado de Assis em Dom Casmurro.

Tem razão o mestre. E passando e repassando essas memórias concluo que, hoje, saudade é apenas uma cidade vista da varanda, um papo de botequim, um tom de voz, o eco de saltos altos batendo na calçada...

Só isto. O resto é silêncio!

Dia dos namorados

De minha varanda, não vejo mais a cidade. Vejo, apenas, as árvores que margeiam o Rio Verde. Como está chovendo, suas folhas, iluminadas pelas luzes artificiais dos postes, parecem vaga-lumes, brilhando a cada gota que cai.

Me encanto. A luz e a dança das folhas acontecem como um milagre. E os milagres me encantam.

Buda nos disse que "Se pudéssemos ver o milagre duma simples flor, toda a nossa vida mudaria". E agora, pensando nesta frase, me recordo de quando, com fome, sozinho, nas madrugadas de Copacabana, procurando desesperadamente uma companheira, qualquer companheira, achando injusta minha solidão, ouvia a voz de Miller dizendo que... "No meridiano do tempo não já injustiça: há apenas a poesia do movimento criando a ilusão da verdade e drama. Se a qualquer momento e em qualquer lugar encararmos o absoluto, desaparece aquela grande simpatia que fez homens como Gautama e Jesus parecerem divinos; o monstruoso não é que os homens tenham criado rosas, mas que, por uma razão ou outra, tenham "desejado" rosas....".

Sim, nós desejamos e criamos rosas de plástico e as oferecemos às namoradas, aos namorados, como se fossem um buquê de amor. Mas não é isto o amor. Amor é algo maior. É um sentimento que nos aproxima do Gautama e Cristo, e nos ajuda a descobrir que eles não "parecem", eles "são" divinos. Divinos porque trazem neles o que liga o menor dos neutrinos ao gigantesco criador e desse criador nasce a vida, e essa vida tem nome: amor. E é em nome do amor, ou da sua busca, que hoje celebramos o dia dos namorados. O dia do encontro de duas almas que se transformam, ou tentam se transformar, em uma única alma.

Como será essa alma sonhada e, talvez, criada? Delicada e terna? Poderosa e ardente? Ou tudo isso junto, formando o absoluto?

É nisto que estou pensando, agora que amanhece. Penso que, ainda que um dia elas se separem e caiam, como caem as pétalas e as folhas das árvores que agora vejo, brilhando à beira do Rio Verde, aquele amor existiu, e isto é bom.

Sei que não é eterno, sei que está limitado no espaço e no tempo. E somos nós que o limitamos a um único dia: o dia dos namorados. O Dia que deveria ser todos os Dias. Que deveria ser para sempre!

As aves são assim

Foi no inverno passado que ela apareceu.

Pousou na mureta da varanda, observou os caibros do telhado e piou.

Aguardou alguns segundos e, como ninguém respondeu, pôs-se a comer alguns farelos de pão que eu havia deixado cair na mesinha onde, de vez em quando, tomo um vinho, como um tira-gosto. Em seguida subiu para o topo da coluna que sustenta a viga e ciscou, como se preparasse o local para fazer seu ninho.

Este ritual se repetiu por alguns dias e eu já a tratava como se fosse da casa, deixando canjiquinha e farelo de pão espalhados na mureta, e ela os catava, um a um, dando seus pequenos e desajeitados saltos. Uma tarde, tomando meu vinho enquanto a observava, notei que havia mudado seu comportamento.

Estava inquieta.

Fiquei em silêncio, com medo de que ela fosse embora.

Joguei na mureta um miolo de pão mas ela não desceu para comê-lo. Ao contrário, piou forte, ouviu outro piado como resposta e voou.

Voou e não voltou mais.

Ontem Laura apareceu.

Sentou-se na varanda, limpou o banco com as mãos e, como se fosse um ninho, colocou suas pernas encolhidas sobre ele.

Cobriu suas coxas com um xale quadriculado, enquanto eu colocava perto dela uma taça de vinho e um pedaço de pão. Ela bebericou o vinho, mordeu uma lasca do pão. Fiquei alegre por ela estar ali, tão bonita, tão solta.

Fui à cozinha e peguei um queijo e quando voltei notei que havia mudado seu comportamento.

Estava inquieta.

Fiquei em silêncio, coloquei o queijo sobre a mesinha, mas ela não o comeu. Ao contrário, levantou-se, beijou-me respeitosamente o rosto e despediu-se. Despediu-se e não voltou mais.

Hoje a tarde está fria e estou sozinho.

Sozinho e atento, procurando ouvir algum piado, mesmo que distante.

ruas

Gente humilde

À tarde, andando por uma rua na periferia de Três Corações, semelhante àquelas ruas de antigamente, sem calçamento, "casas simples/com cadeiras na calçada/e na fachada/escrito em cima que é um lar", vi uma jovem dependurando roupas num varal.

O sol, ainda quente, refletia nos tecidos coloridos, na cerca de bambu, na grama.

A seu lado, dentro de uma grande bacia, uma criança, com um bonequinho de plástico, brincava alegremente. Os dois, mãe e filho, estavam em harmonia com o céu brilhante, com a tarde, com a luz. Como Murilo Mendes, quase gritei: que bonito, moça ao varal...., mas me contive, guardei para mim a felicidade de ver e pertencer a esta gente humilde, "que vai em frente/sem nem ter com quem contar".

Gente humilde, do interior, pois, numa cidade grande, como Rio de Janeiro ou São Paulo, não sentimos, plenamente, a beleza da simplicidade, a não ser que sejamos poetas como Garoto, Chico Buarque e Vinícius, pois o barulho do trânsito nos impede de ouvir gritos de alegria ou de dor. A multidão nos empurra pelo fluxo das calçadas e não nos deixa ver um detalhe de um prédio, de um morro, de um barraco. Estamos mais atentos à televisão, entre quatro paredes, vendo vidas artificiais, com medo de parar e apreciar uma cena do cotidiano. Aliás, o cotidiano da cidade grande é diferente, é mais individual, não paramos nem diante de um corpo estendido no chão. Não queremos ser testemunhas, não nos envolvemos. A poesia da vida e da morte tem outro significado e não existem mais mulheres estendendo roupas nos varais.

Santo Agostinho disse que "tudo quando é finito é curto". É um flash, e por saber disto, senti ternura e tristeza. Ternura porque a criança estava feliz, porque os cabelos molhados da mulher caiam sobre os ombros e rebrilhavam como água numa cascata, porque seu vestido simples, quase transparente, colando à pele toda vez que o vento passava, permitia a visão dos contornos do corpo jovem, com a cintura definida, as ancas em "doce e recurvo declive", a coxa maciça, as pernas perfeitas, as tetas sobressaindo na camiseta branca como jabuticabas maduras...

Tristeza por saber que aquela mulher e aquela criança acabarão tão rápido quanto as fotografias, as crônicas, os próprios sentimentos de ternura e de tristeza.

Creio que, em todos os tempos, o homem lutou contra a morte. Creio que só levamos na memória cenas, vozes, rostos, paisagens, porque nosso cérebro é um computador rápido e potente que, sabendo da finitude, procura registrar o máximo possível a eternidade do instante. Mas, na minha idade, o eterno tem a velocidade da pedra que, arremessada para cima, cai cada vez mais veloz até chegar ao chão, seu destino final.

Dizem que, na velhice, cada ano que passa equivale a cinco de um jovem. Não é uma verdade científica mas, como meu laboratório sou eu, assumo o fato. Daqui a cinco anos, aquela criança na bacia já estará andando e falando, a jovem mãe estará com quase 30, seu corpo terá outra forma, sua alma estará mais marcada pela vida, e eu, se estiver vivo, estarei perto do desembarque.

Consciente da transitoriedade, parei e fiquei curtindo aquele instante, como um fotógrafo curte a luz ou o fato que registra com sua câmera e, por associação, lembrei-me de um diálogo do filme Alphaville, de Godard:

- Você sabe o que transforma a noite em luz?

- A poesia.

A poesia que está em romances como o Grande Sertão: Veredas, em contos como os de Lygia Fagundes Telles, em crônicas como as de Rubem Braga, em músicas como as do Garoto, do Chico, do Vinícius e, por saber disto, eu, cronista interiorano, me esforço e, às vezes, encontro esta poesia numa criança tomando banho de bacia e numa mulher estendendo roupas num varal. Quando isto acontece, louvo a todos os artistas brasileiros, que me ensinaram e ensinam a ver nosso país, "e eu que não creio/peço a Deus por minha gente/é gente humilde/que vontade de chorar".

Amanhecer na feira

São 4:30 da manhã e ouço os primeiros barulhos da feira que está sendo armada em minha rua.

Levanto-me, verifico se há algum *e-mail* importante, e saio para comprar algumas frutas.

Está escuro, os donos das bancas arrumam seus produtos em pirâmides coloridas. Legumes e frutas, empilhados, se assemelham ao colorido do dia que surge e me lembro de Burle Marx: "Um jardim faz-se de luz e sons – as plantas são coadjuvantes".

A feira não é um jardim, mas também tem suas luzes, seus sons, uma vida que flui e que se manifesta nos gritos dos feirantes oferecendo abacates, bolos, peixes, verduras... suas vozes formando uma estranha música que se espalha pela rua.

Em uma barraca, compro laranjas. Em outra, compro as últimas mangas, dessas que a gente chupa sujando o rosto, pois seu tempo está no fim, já que termina a estação.

Na Barraca da Naná, tomo um café com pão e manteiga. Seus pastéis ainda não estão prontos e não espero: homens e mulheres surgem de todos os lados e evito aglomerações.

Volto para casa, observando que os rostos das pessoas estão mais sérios, que a pandemia nos tirou a liberdade de sorrir.

Ah, como gostaria de viver em um mundo de alegrias, de delicadezas.

Não compreendo como entramos neste labirinto absurdo e, enquanto lavo as frutas, penso em Shakespeare: "Pobre Lear, ficou velho antes de ficar sábio."

Como o monarca, também fiquei velho e não fiquei sábio. Talvez minha única lucidez seja colocar a máscara, me desinfetar antes e depois de ir à feira conversar com meus pares, ouvir os sons dos vendedores. Depois, lavar as delicadas frutas e desejar, em pensamento, ver todo mundo se abraçando, sem medo, sem perigo, agradecendo aos céus porque vencemos a praga que nos mata. Agradecendo porque tudo flui.

Fiquei velho e não fiquei sábio, mas o dia começa, a manhã está bonita e sou grato por compreender, pelo menos, um pedacinho da vida.

Uma ida ao mercado

Escurece e preciso ir ao mercado comprar algumas inutilidades.

Em geral, saio de casa e não levo o celular. Por esquecimento ou porque, mesmo pequeno, o aparelho me incomoda. Como bom neurótico, me preocupo se ele fica sem chamar, me irrito se chama ou, simplesmente, porque o danado vive caindo de meu bolso.

Depois de muito filosofar, cheguei à conclusão de que o WhatsApp, o Instagram, etc., são formas que algum diabo ranheta inventou para nos tornar implicantes: falamos o desnecessário, lemos o que não é da nossa conta...

Querem uma prova? Experimentem ficar um dia sem celular, computador, nada. Vocês verão que o mundo é mais leve, é mais bonito, todas as coisas têm a santidade da solidão. E a solidão é necessária para a vida, como a terra, a água, o ar... Talvez, como disse Rilke, "Uma única coisa é necessária: a solidão. A grande solidão interior. Ir dentro de si e não encontrar ninguém durante horas, é a isso que é preciso chegar. Estar só, como a criança está só.".

Entro no Mercado e vejo uma criança olhando uma das estantes onde estão expostas flores. Ela olha, examina tudo em silencio, vira-se.. E em frente estão expostas alfaces, couves e grandes cabeças de repolho roxo...

Há muitos anos li um romance de Rubem Fonseca em que o personagem indaga: o que é mais bonito, uma rosa ou um repolho?

E agora, diante da solidão daquela criança a frase me volta à cabeça e a descubro com outro sentido, outro sentimento. Eu a descubro como aquela criança diante do repolho. Ela está vendo o que todos veem, mas talvez com uma cor que ninguém viu, com um pensamento que ninguém pensou.

Que pensamentos maravilhosos, os pensamentos das crianças. Cada um deles é a construção de um Universo, a composição de uma grande Sinfonia... E estes pensamentos, estas sinfonias somos nós.

E a melodia, o ritmo e o arranjo nos levam a um único entendimento: para viver precisamos apenas do simples, do singelo, do quentinho abraço que pode transformar o frio que está fazendo na temperatura da Vida. Na agradável temperatura do existir!

Ruas

Conversando com uma jovem estudante, ela pergunta o significado de algumas palavras italianas, muito usadas em musica: "A cappella", "Capriccio", "Concerto"... Imediatamente faço uma viagem a Roma, a cidade maravilhosa, e me recordo de lugares onde andei, sentindo fome e alegria, desespero e esperança, mas, principalmente, sonhando - como sonham todos os jovens – e respirando as ruas. As ruas da Itália.

Muita gente se recorda dos carros que possuíram, da escalação de seu time em 1960, 1970... Muita gente se recorda do repertório inteiro de Roberto Carlos, da Elis e Rita Lee, do dia em que começaram ou terminaram uma relação amorosa, de quando nasceu este ou aquele sobrinho, etc., etc. Sinto inveja mas tudo isto foi apagado de minha memória. O que ficou – e fica – são coisas que me despertaram emoções afetivas, como, por exemplo, as ruas onde morei.

Não sei se vocês percebem: cada rua tem vida, cheiro, cor, som, pulsação própria, é um ser vivo, como nós.

Foi nas ruas que fiz amizades, que namorei, que curti bens e males de amor. Foi nas ruas que vi mães portando nos braços seus bebês, noivas passarem em direção às bodas, cortejos fúnebres, etc., etc.

Em Três Corações morei na Rua 6, na Estação, na Anísio Vieira, na Noêmia Rezende...

No Rio, morei na Rua das Marrecas, Rua do Passeio, Francisco Muratori, Sá Ferreira, Bambina, Álvaro Ramos, Visconde de Paranaguá, Nascimento Silva. De todas, a que me traz melhores lembranças é a Rua do Catete, onde morei com meus avós e meus tios Pedro e Norma, de onde via Getúlio Vargas na sacada do Palácio do Catete e sorria ao seu aceno, de onde vi seu caixão sair num cortejo triste e ruidoso.

Em minha vida sem raízes, conheci ruas tranquilas e ruas tumultuadas, ruas românticas e ruas secas, ruas planejadas que ostentam palacetes e ruas tortuosas, de barracos humildes.

Ouvi músicas, li poemas, contos e romances que falam de ruas.

Criei, em minha imaginação, diversas delas para compreender estas manifestações da Arte. É um sentimento tão forte que me recordo, com detalhes, de ruas que não conheci, por onde passearam Ema Bovary, Ana Karenina, Aglaia, Capitu, Gabriela..., e de ruas que não existiram, ruas hollywoodianas, feitas em estúdios. Aliás, quem, da minha geração, não se lembra de "Uma Rua Chamada Desejo", onde Marlon Brando deu seu famoso grito "Estelaaaaaaa!!!", ou das ruas por onde corria o louco de "Dodeskaden"?

Ainda que agora esteja recluso, num exílio voluntário, sou um homem das ruas. Tenho em mim todas elas, mas a que carrego com mais carinho, todos os dias, todas as horas, é a Rua da Cotia, onde ainda hoje ouço a voz de minha avó gritando "Braz, sai da rua", quando vinha algum carro – naquela época Três Corações possuía uns três ou quatro automóveis – ou "vá brincar na rua", quando ficávamos rodeando o fogão à espera de uma raspa de tacho.

Foi nesta rua que nasci, que vesti minha primeira roupa de missa, que calcei minha primeira botina, que conheci os sussurros dos amores noturnos, o alarido das crianças ao amanhecer. Foi por esta rua que andei, ouvindo Cascatinha e Inhana cantando "índia seus cabelos nos ombros caídos" e sonhando em partir. Foi por esta rua que realizei o sonho de voltar. Esta Cotia que, como no poema, "um dia volverá a ser um punhado de noite,/e sobre os despojos de cifras e de plumas/e o corpo do amor, feito de fruta e música,/baixará por fim como o sonho ou a sombra,/o pó em memória".

cidade

Uma solitária oração

Quando pequeno, assisti ao funeral de uma pessoa a quem amava muito. Os homens de nossa cidadezinha colocaram seus ternos mais escuros, as mulheres seus vestidos com botões nas golas e, nas mãos, um lencinho para enxugar uma hipotética lágrima.

Tudo ocorria com solenidade, até que chegou o mais esperado filho do morto, que morava em outra cidade.

Sua entrada foi triunfal. Rico, político e inescrupuloso, entrou com seu séquito e imediatamente se debruçou sobre o caixão aos gritos:

"Me leva junto, papai. Eu quero morrer...".

Eu era criança e, como criança, sabia distinguir a verdade. Soube distinguir o exagero da cena e, por toda minha vida observei, nos poucos enterros a que fui, que ele é comum: quanto mais malandro o parente, maior o pranto. A morte só é respeitada com profundidade por aqueles que têm a alma profunda.

Só os grandes espíritos respeitam o sofrimento alheio, ou próprio, como uma coisa sagrada.

Mas, por que conto esta história?

Porque li, agora, uma postagem de uma amiga virtual em que ela chama a atenção para a espiritualidade do povo tailandês diante da tragédia das crianças presas na caverna que, agora, teve um final feliz.

Sim. Observei tudo pela televisão, pela Internet, e não ouvi um uivo, um choro mais alto. Não vi nenhum espetáculo de exibicionismo.

Tanto os heróis do salvamento, como os pais (ah, quanta angústia) e as próprias crianças e seu terno e humano professor, todos se comportaram com delicadeza diante do fato e da vida. Ninguém se desesperou. Ninguém desfraldou bandeiras de mártir ou de herói. A única bandeira que me veio à mente foi a da paz, a que cada um buscava em seu coração.

Li a postagem e, silenciosamente, diante do computador, pensei em nós, os brasileiros.

Meus Deus, estou velho e não sei que se verei nossa Pátria iluminada como a alma daquele gentil povo tailandês. Nem sei se nossas crianças serão salvas de outras cavernas onde estão, diariamente, sendo aprisionadas.

Não sei se verão a luz.

Mas mesmo assim faço uma oração e agradeço ao Senhor por ter salvo as crianças da Tailândia.

E por dar-me força para fazer uma oração, uma pequena e solitária oração, para as crianças do Brasil.

São as capivaras

Há muitos anos - eu tinha um restaurante -, certa noite o Claret (meu querido amigo Dr. Antônio Claret) saiu de seu carro e ficou imóvel olhando a beira do rio. Aproximei-me devagar, ele fez um sinal para que não fizesse barulho e me cochichou, como uma criança maravilhada:

"Olha, Braz. São capivaras!".

Sim, era um bando de capivaras, adultas e filhotes, que passava lentamente, sem dar confiança a nós, pobres seres humanos, em direção ao capim verdinho que margeava o Rio Verde.

Por um instante recordei-me de minha infância remota, quando meu pai caçou um desses roedores. Também ele parecia uma criança que realizou um grande feito e exibia seu troféu, feliz por nos trazer o almoço do dia seguinte, por cumprir sua missão de alimentar a porção de filhos, nos ensinando que, nas caçadas, não deveríamos matar as fêmeas para que a espécie se multiplicasse.

O conselho não me serviu. Nunca fui um caçador. Não tenho coragem de matar, fico comovido só em saber que os animais selvagens ainda existem e às vezes fico horas olhando a foto de uma onça, de um lobo, de um pássaro.

Um dia, na casa de Nelson Rodrigues, fiquei tão absorto vendo as rolinhas catarem farelos no parapeito da janela, que ele comentou com Dona Elza, sua esposa: "Elza, o Chediak é um São Francisco de Assis!".

Claro, ele exagerava. Mas, como é característica dos gênios, nosso grande dramaturgo penetrava no mais profundo de minha alma e descobria ali um diminuto amor por essas pequenas criaturas de Deus.

Agora, diante do computador, me lembrando do Nelson, penso em Cristo que, com sua visão cósmica, via o Absoluto dentro de um pequeno grão de mostarda, percebia o universo das aves do céu e dos lírios do campo, compreendia-o e o transformava em parábolas que modificavam homens e mulheres. E me entristeço ao ver que, hoje, andamos tão indiferentes à nossa morada que nos esquecemos de ouvir essas parábolas. Nós nos esquecemos de ouvir os sons da terra, de sentir seus movimentos...

Há um ditado japonês que diz: "balance com as ondas." Ou seja, viva o momento em harmonia com seu mundo. E tenha consciência disto porque mesmo que ele, ao seu redor, esteja sendo destruído e corrompido, lá no fundo da alma, "lá onde o ser interior habita, nos mantemos ainda em acordo com a natureza", e mesmo que tenhamos nos esquecido, a terra preserva sua santidade, faz parte do corpo de Deus.

Mas, voltando às capivaras, fiquei ali com o Claret, contemplando aquele momento, em paz comigo e com o mundo. Lembrei-me de que na tarde anterior vira algumas pombas selvagens voando pra lá e pra cá, à procura de alimento, e que uma delas desceu bem perto de mim para beber numa poça d'água no terreno baldio ao lado de minha casa.

Sei que quando um animal selvagem vem morar na cidade é um sinal que a natureza está sendo destruída e que ele não está encontrando condições favoráveis em seu hábitat natural. Sei que nós, homens "civilizados", estamos cortando as florestas, acabando com nossa flora, exterminando nossa fauna, espantando nossos espíritos e duendes, passando uma esponja sobre nossos mitos. Mas sei também que ainda há tempo para reverter este quadro e salvar o que, entre nós, há de mais precioso: a vida. E salvando a vida, quem sabe daqui a 50, 100 anos, outros homens passarão pelas mesmas margens de nosso Rio Verde e se sentirão crianças e, como o Claret, chamarão um velho e ranzinza dono de botequim e apontarão maravilhados: "Olha, são as capivaras!".

A construção

Passando por uma rua pobre, no fim da Cotia, vejo um casal de jovens mendigos construindo, num terreno baldio, uma casinha desajeitada e simples: as paredes são pedaços de tábuas e compensados velhos. Ainda não tem portas e, como janela, apenas o fundo de um caixote quebrado, para impedir o vento.

Estão alegres. Para eles, aquele é um momento de amor, de sonhos e – talvez – de esperança. Não importa se, algum dia, a chuva ou um temporal destruir tudo. Não existe "algum dia". E se houver eles a reconstruirão.

O rapaz desdobra um grande plástico preto, pega um bambu comprido e, ajudado por sua companheira, o coloca no alto de duas vigas de madeira roliça. Este gesto me faz recordar, com ternura, o poema de Éluard: "Quando as cumeeiras de nosso céu se juntarem/Minha casa terá um telhado".

As cumeeiras daqueles jovens se juntaram. Eles estão felizes e isto me comove. Tenho vontade de me aproximar, conhecê-los... mas me detenho. Aquele é um momento especial, somente deles, talvez a realização de um sonho: "A casa abriga o devaneio, a casa protege o sonhador, a casa nos permite sonhar em paz".

E todos nós, em todo o mundo e por toda a vida, precisamos dos devaneios, dos sonhos... de construir o encontro. Construir a Paz.

Uma canção sobre a cidade

Na Rua Direita, vi um mendigo em frente a uma banca de camelô examinando cuidadosamente as vitrines.

Parei para observá-lo.

Ele olhou, olhou, colocou a mão num daqueles frascos de amostras, apertou-o e, em seguida, molhou o rosto, o pescoço, os cabelos.

Era um perfume forte, eu o senti trazido pelo vento, e me afastei.

Mais tarde, me aquecendo com uma taça de vinho na varanda, me indaguei não por que o homem terá criado o perfume, mas por que teria sentido necessidade de criá-lo.

Será para ser mais atraente para a pessoa amada? Pode ser.

O homem, a maioria dos homens, quer estar sempre ao lado de alguém, não suporta a solidão. Ainda hoje me lembro do grito lancinante da Criatura de Mary Shelley, que li na infância: "Todo homem deve procurar uma esposa para aquecer seu coração, todo animal deve ter sua companheira, e eu? Devo permanecer só? Eu tinha sentimentos de afeição, e eles foram retribuídos com o ódio e o desprezo...".

Meu pensamento pulou do personagem para o mendigo.

Ele não tem ninguém, anda sozinho, come sozinho, dorme sozinho...

Creio que não sonha mais, não se surpreende mais...

Mas... se se perfuma é porque ainda lhe resta um pouco de carinho para com o próprio corpo, ainda pode transmitir este carinho, transformá-los em ternura...

Era no que eu pensava, quando a noite desceu e o frio aumentou. Terminei o vinho, as indagações, e me recolhi.

De madrugada sonhei que andava pelas ruas vazias e vi, sob uma marquise, uma caixa de papelão. E vindo dela uma mistura de perfumes, uma mistura de sussurros de prazer. De tanto prazer que mais pareciam vozes unidas em oração.

Uma oração tão bonita que parecia uma canção que se esparramava pela cidade. E que só quem ama poderá ouvir.

cotidiano

Só pelo amor vale a vida

As mocinhas de antigamente tinham o hábito de guardar uma pétala de rosa entre as páginas do missal. Talvez fosse a maneira que encontravam de ter presente algum amor distante ou impossível, protegidas que estavam pelo pequeno livro.

Era coisa de adolescentes, mas, me lembro que uma vez uma respeitável senhora, casada e mãe de filhos, deixou cair, em plena missa, aquela lembrancinha ressecada que foi balançando, balançando até pousar no chão. Os fiéis olharam apressados como se descobrissem, ali na casa de Deus, uma criminosa. As carolas fecharam a cara em cochichos. Meninos se cutucaram fazendo sinais. Homens seguraram o riso e, por um instante, um murmúrio maldoso tomou conta da nossa velha matriz.

A mulher, vítima dessa pequena distração, nunca mais foi à missa... e meus domingos nunca mais foram os mesmos.

Mas por que estou contando este fato? Explico:

Ontem comprei um livro no sebo e, à noite, quando o abri, encontrei grudado em uma página um pequeno trevo. Por um instante aquelas folhinhas delicadas, ressecadas pelo tempo, me emocionaram.

Tentei imaginar um vulto jovem, seios ainda nascendo, guardando seu segredo cuidadosamente, talvez contando-o apenas a uma amiga mais íntima também mordida por esse bichinho chamado amor que ataca tanto as adolescentes... Pensei em escrever uma crônica sobre esta jovem que não conheci, mas a figura daquela mulher de minha juventude voltou inteira na memória, invadindo o quarto com seu porte altaneiro, sua solidão, seus silêncios.

Fiquei muito tempo recordando-a. Um detalhe da mão, um abaixar de olhos, um balançar do véu no ritmo da respiração...

Como, agora, eu a compreendo e me solidarizo com ela que, sem saber, me ajudou a ver que as mulheres que amam são como pássaros: belos e livres.

Mulheres que amam, são como a vida: cheia de perigos, de inquietações, de encontros e... desencontros.

Mulheres que amam guardam segredos, mas gritam ao universo a sua fúria e beleza de estar amando.

E que só pelo amor vale a vida!

Uma conta de luz

Vou pagar a conta de luz, que vence hoje, e, no banco, a funcionária me aponta uma direção, entregando-me uma senha. Pego-a e, só depois que atravesso a porta giratória, me dou conta de que a senha é "Preferencial para idosos".

Tenho 80 anos mas não gosto deste "privilégio", penso que há pessoas com mais necessidades físicas que eu. Mas não posso mais trocar o número e... cá pra nós, fila de idoso é lenta pra burro.

Penso em Norberto Bobbio: "Há formas de lentidão impostas pelas circunstâncias: a hierática, do sacerdote em procissão. A majestática, do estadista em uma cerimônia pública. A fúnebre, dos que carregam o féretro e dos que o seguem. Toda solenidade requer tempos prolongados..."

Mas pagar uma conta não é uma solenidade. Aqui é a lentidão que nenhuma filosofia alivia. "O velho está naturalmente destinado a ficar para trás, enquanto os outros avançam".

Sim, a fila dos jovens avança. São rápidos, o cartão de crédito e o celular estão engatilhados, enquanto nós, os velhos, tiramos o amarrotado dinheiro de nossos bolsos, demoradamente e, mesmo assim, quando já estamos na boca do caixa, é que contamos as moedinhas.

"Você não é parente da dona Fulana? Irmão do Sicrano...?" Será que este conversar, informar a família, o tempo (falar o que todos sabem), perguntar a novela... é uma necessidade pungente que temos de comunicação? Ou será uma forma de fugir da solidão?

Às vezes, sou assim com as pessoas, os cães, os amigos, as amigas, os amores que já morreram e com quem converso todos os dias e, muitas vezes me sinto só. Não me importo: Por que não me manifestar com os que aqui vivem, ou os (as) que já se foram, sentindo ternura, trocando saudades ou um pouquinho de calor de um grande abraço?

A fila é grande, quase uma hora depois chega minha vez. Pago a tal conta de luz e desprezo a ameaça de que a cortariam se não o fizesse...

Daqui há pouco vai escurecer e ainda tenho muitas coisas pra fazer. E pra fazê-las preciso de Luz. Mas estou tranquilo porque a conta está paga.

E tudo que desejo estará iluminado!

Tudo está iluminado!

As mexericas de agosto

Não tenho certeza de nada.

Minha vida é feita de indagações. Não sei qual será meu próximo passo. Não sei qual foi meu último passo.

Não sei qual a minha importância para a significação do momento ou do lugar onde estou. Não sei se quero, verdadeiramente, ir ao supermercado comprar mexericas.

Santo Agostinho disse que "As pessoas viajam para admirar a altura das montanhas, as imensas ondas dos mares, o longo percurso dos rios, o vasto domínio do oceano, o movimento circular das estrelas. E, no entanto, elas passam por si mesmas sem se admirarem."

Muito tempo se passou desde que ele disse isto. Hoje, os mistérios são revelados cada vez mais rapidamente...

Mas o grande mistério, o ser humano, permanece. Surgiram teorias, religiões, psicanalistas, etc., etc., mas ainda somos um enigma maior que a esfinge: somos mutantes.

Ao longo da vida, minhas certezas foram diluídas e me espanto.

O Ser Humano, cada vez mais explicável, me confunde.

Buscando a paz, estamos nos afastando da paz. Aplaudimos os que pregam a violência. Levantamos as mãos para o céu e agradecemos a Deus pela vida, mas abrimos a gaveta e contamos o dinheiro que reservamos para comprar uma arma mortífera...

Paro no meio da calçada, olho tudo ao meu redor – como uma criança – e não entendo nada.

Na esquina, um cão rasga um saco de lixo em busca de comida.

Numa folha de grama, no canto da calçada, uma gota de orvalho brilha refletindo o sol. Observo e me indago: serei apenas um observador?

Não tenho certeza.

Não sei qual a importância do cão, qual a importância da gota de orvalho.

E não vou saber...

Enquanto passar por mim mesmo, sem me admirar.

Enquanto não abrir minhas janelas para o mundo e gritar, como na música de Belchior:

"Teu infinito sou eu, sou eu, sou eu, sou eu..."

E aceitar isto como uma benção, como um presente contínuo e fascinante.

Um livro escondido na estante

Ontem à noite fui tomado por uma grande e inexplicável inquietação. Nada me satisfazia, fiquei sem perspectiva, como uma barata tonta...

Tentei ver um filme que anos atrás havia me impressionado: o achei monótono. Peguei um livro/análise sobre Dostoiévski: ele também não me interessou. Vi, na TV, um programa sobre a vida na terra e, mesmo sendo fascinado por mistérios, me entediei.

Já estava prestes a aceitar mais uma noite de insônia, a insônia dos velhos, vazia, imóvel, quando ligo o computador e me deparo com um texto de Henry Miller postado na Internet: "Todo homem, quando se aquieta, quando se torna desesperadamente honesto consigo mesmo, é capaz de pronunciar verdades profundas. Derivamos todos da mesma fonte. Não há mistério sobre a origem das coisas. Somos todos parte da criação, todos reais, todos poetas, todos músicos: só nos falta desabrochar, apenas descobrir o que existe em nós."

Tomei o texto como um conselho, como se o velho bruxo dos Trópicos me dissesse:

- Deixa de ser burro, Braz. Não se desespere: sonhe. Os sonhos são poemas que ainda não vivemos, mas estão lá, te esperando. Aquiete-se, apague a luz, sinta a vida. Sinta a grandeza dos insetos que caminham na noite buscando alimento. Sinta o delicado poema do sono das crianças que dormem saciadas... Alegre-se, como quem se alegra ouvindo uma sinfonia de Beethoven, ou vendo o abstrato balé dos músculos de uma jovem dançando um funk...".

Por instantes, fiquei quieto, refletindo diante do computador.

Depois ouvi no YouTube a "Ode à Alegria", de Beethoven e...

Quase gritei diante de tanta beleza. Em seguida prestei atenção na dança dos jovens com suas músicas de rua, em suas letras ásperas como suas próprias vidas, e me comovi: os jovens de nossas periferias conseguem dar voz aos que são proibidos de falar e suas vozes são poemas...

Sim, meu bom Henry Miller: "Somos todos parte da criação, todos reais, todos poetas, todos músicos: só nos falta desabrochar, apenas descobrir o que existe em nós."

E sermos gratos por nos encontrarmos com um velho e sábio amigo que estava escondido entre tantos livros na estante!

E que nos ajudou a compreender a vida!

Que maravilha, a girar...

Pelo rádio do vizinho ouço a voz de Jorge Benjor:

"Lá fora está chovendo
Mas assim mesmo eu vou correndo
Só prá ver o meu amor
Pois ela vem toda de branco..."

E eu, que não sou de sentir saudades, sinto a chuva, o cheiro, o movimento de uma jovem, roupas molhadas, correndo feliz em minha direção, numa noite de Ipanema.

Shakespeare disse que "nós somos feitos da mesma matéria dos sonhos". E são esses sonhos que nos ajudam a viver o dia a dia neste mundo líquido, disforme, rápido demais.

"Viver vale a pena", penso enquanto escrevo.

A vizinha aumenta o volume :

".... E a gente no meio da rua no mundo, no meio da chuva
A girar, que maravilha
A girar, que maravilha..."

Compreendo que o amor é o milagre que faz a vida valer a pena.

Vou até à janela, para ouvir melhor a música, e sinto vontade de gritar:

"Que maravilha
Que maravilha
Ela é o meu amor..."

frescuras
do coração

Uma nave interplanetária

Na última vez que Matheus, meu neto, veio à minha casa, saímos para comprar uma Nave Interplanetária do Lagartixo, personagem do desenho animado de que ele gosta, mas não a encontramos.

Dois ou três meses depois, encontrei o brinquedo. Daria a ele no final do mês, quando viesse me visitar. Mas a pandemia nos levou ao isolamento, não sei quando ele virá, e deixei a nave num canto de meu escritório.

O tempo passa e a nave está lá, solitária, imóvel. Precisa das mãos infantis para ter vida, voar por planetas imaginários, descer em desertos encantados...

Sua caixa já começa a empoeirar-se. Às vezes não me importo, é apenas um brinquedo.

Às vezes, me leva à lembrança de outros brinquedos que tive, que me ajudaram a sonhar, e agora me ajudam a compreender que bonito é o universo da criança que com um pequeno plástico constrói um mundo grandioso e único, que só ele compreende e dos quais perdemos o significado ao nos tornar adultos. Um mundo que só o reconquistamos quando já estamos velhos demais para brincar.

"Que pena! Precisamos avançar na idade para conquistar a juventude, para livrá-la dos entraves, para viver segundo seu impulso inicial", nos diz Villier de L'Isle-Adam.

E assim no canto de meu escritório, imóvel, a Nave Interplanetária espera que uma criança, arteira e terna, venha livrá-la dos entraves de estar ao lado de um velho ranzinza; venha dar a ela o impulso inicial, o início do voo em direção a planetas desconhecidos, habitados por meninos gatos, corujitas, largatixos...

Habitados por seres que nós, os velhos, perdemos pelos caminhos e só os reencontramos quando chega um neto barulhento que nos dá, ainda uma vez, o impulso inicial necessário para levantar o voo...

E voarmos!

Falando de paz

Hoje eu quero falar de paz.

No quarto, meu neto dorme tranquilamente.

A rua também está tranquila...

Na beira do Rio Verde, o casal de mendigos que mora ali há meses, catou o lixo, varreu as folhas, deu um aspecto de "lar" ao local.

Logo que mudaram, bebiam muito, brigavam, e eu ficava imaginando como era possível viver naquele inferno.

Um dia, do nada, vi o homem limpando uma mesinha de papelão, improvisada, forrando-a com jornais e colocando sobre ela alguns pães, mortadela, um litro de refrigerante...

Vi, com surpresa, o casal comer com alegria e solidariedade seu banquete e, até, trocar um carinho.

Estariam comemorando alguma coisa?

Não sei, mas senti que estavam em paz.

Foi assim, de repente, e a princípio pensei que a mulher estaria grávida, por isto o armistício, e como um velho xereta, passei a observar sua barriga.

Mas ela não crescia, não cresce, e nunca saberei o mistério da transformação, o respeito repentino, do nascimento do amor...

Comecei esta crônica dizendo que hoje quero falar de paz e me desviei para o jovem casal de mendigos.

Os velhos, como as crianças, deixam um brinquedo e se distraem, de repente, com outro.

Mas o que é paz?

Um substantivo, para os gramáticos.

Um desejo, para os religiosos.

Um sanduíche de mortadela, para os mendigos.

Uma crônica sem importância, para um velho intrometido que vive observando a vida alheia e catando alguns restos da poesia que ainda existe nos gestos incompreensíveis, nos farelos de pão, nas fatias de uma mortadela barata.

Transformer

Norberto Bobbio disse: "Há formas de lentidão impostas pelas circunstâncias: a hierática, do sacerdote em procissão. A majestática, do estadista em uma cerimônia pública. A fúnebre, dos que carregam o féretro e dos que o seguem. Toda solenidade requer tempos prolongados. O velho está naturalmente destinado a ficar para trás, enquanto os outros avançam."

Tem razão o Mestre, mas às vezes nós, os velhos, voltamos a ser crianças e avançamos. Avançamos. Avançamos.

Mas... por que estou pensando nisto, a esta hora da madrugada?

Simples: há uma semana meu neto, Matheus, está comigo e sua presença, suas singelas exigências, mudaram meu ritmo, minha rotina, meu tipo de cansaço...

De repente a casa, a rua e o bairro se transformaram e me descobri brincando num parque, correndo atrás de uma bola, discutindo com a criançada se "...foi gol. Não foi gol... foi pênalti...".

E agora, enquanto meu neto dorme no quarto ao lado, sento-me ao computador para ler as notícias e vejo, jogado num canto da mesa, o "Transformer", esse brinquedinho que, com um simples toque, vira robô, carrinho de corrida, espaçonave...

Como ele ficou alegre quando lhe comprei o brinquedo.

Como ficou alegre quando me explicou seu funcionamento.

Para ele, era uma explicação do mundo.

Agora, solitário sobre a mesa, é novamente um brinquedo.

Mas um brinquedo cujo nome me ajuda a compreender a súplica de Dostoiévski:

"Amigos, peçam alegria a Deus. Sejam alegres como as crianças e como os pássaros do céu!"

Isto é: amigos, se transformem, pensem que talvez num simples brinquedo de plástico está o resumo da vida. E a transformação.

Cantando com Dolores

Leio um trecho de Kierkegaard: "Conhecer a tristeza é humano, humano também é compartilhar do desgosto dos aflitos, porém crer é mais reconfortante do que contemplar o crente.", e reflito: nós conhecemos a tristeza humana, algumas vezes compartilhamos os desgostos dos que sentem aflição, mas a reconfortante crença está sumindo de nós, como somem os pedacinhos de músicas do passado.

Dia a dia a esperança se torna uma palavra. Dia a dia notamos as mãos humanas calejadas pelo desespero, o mesmo desespero que alimenta igrejas, e em todas as esquinas ouvimos o brado dos pastores, dos sacerdotes nos exortando a crer, a orar, esperar o milagre...

Não é esta a religião que desejamos, e, sim, a religião que renasce a cada instante, como a vida: a religião da ternura, da percepção do milagre de uma flor se abrindo, de uma criança nascendo, de um velho fechando seus olhos para sempre.

A religião que queremos é a da paz, a que oferece o cobertor para os que têm frio, o alimento para os que têm fome, a coragem para os que sentem medo....

Hoje é segunda-feira, a semana começa, e quero cantar com Dolores:

“Hoje eu quero a rosa mais linda que houver
Quero a primeira estrela que vier
Para enfeitar a noite do meu bem
Hoje eu quero paz de criança dormindo
E o abandono de flores se abrindo
Para enfeitar a noite do meu bem
Quero a alegria de um barco voltando
Quero a ternura de mãos se encontrando
Para enfeitar a noite do meu bem
Hoje eu quero o amor, o amor mais profundo
Eu quero toda beleza do mundo
Para enfeitar a noite do meu bem
Ai, como esse bem demorou a chegar
Eu já nem sei se terei no olhar
Toda a pureza que eu quero lhe dar...”.

O Matheus dorme tranquilo

Acordo às 3 horas e me reviro na cama, recordando coisas passadas. Me irrito com a insônia, penso no que fazer quando amanhecer, e não consigo dormir novamente.

Num colchão no chão, ao lado de minha cama, meu neto, Matheus, dorme o sono tranquilo das crianças. Ouço sua respiração ritmada, calma, e sinto inveja.

Por associação, penso no Autista do meu bairro. Me lembro que ele me transmitia calma. Seu silêncio, sua curiosidade por coisas pequenas – um pedregulho, uma tampinha de guaraná... – me intrigavam. Um dia, ele já adolescente, eu o vi catar uma folha seca e a olhar, olhar por muito tempo. Curioso de sua mente, perguntei-lhe o que era aquilo que ele via. Respondeu-me: "Uma folha", e continuou olhando em silêncio, talvez vendo nela mistérios que eu não via.

Hoje pedi ao Matheus que me lesse uma estória. Ele leu rápido demais. Ensinei-lhe as pausas nas vírgulas, nos pontos finais...ele leu corretamente por alguns instantes e voltou ao ritmo anterior. Não me zanguei. Fiquei feliz por ter um neto saudável, inteligente, que se interessa mais em brincar que ficar lendo estórias para um velho idiota e preguiçoso. Para ele, uma carta do Pokemon é um universo. O combate entre Godzilla e King-Kong é algo deslumbrante.

As crianças, como os artistas, dão vida a objetos, a brinquedos de plástico; transformam uma formiga num monstro marinho e um pedacinho de papel num navio de guerra.

Meu neto gosta de desenhos animados e alguns têm ações violentas. Penso em dizer isto a ele, mas me recordo que, na minha infância, eu também gostava de ação: minhas naves espaciais eram os cavalos dos faroestes. Os xerifes eram os viajantes solitários do espaço dos desenhos de agora e.... bang-bang-bang, atiravam e matavam os bandidos, para o encanto da garotada.

Daqui a pouco ligarei a TV para ver o noticiário e verei destruição e guerra. Homens matando homens, mulheres correndo com filhos nos braços...

Quando criança, gostava dos desenhos e documentários da Disney. Numa matinê, assisti a um sobre um bando de esquilos que se suicidavam pulando de um precipício. O locutor explicou que era a maneira que tinham para "controlar a população para que não houvesse excesso de esquilos e não faltasse alimento...".

Nós não controlamos a população humana. O sexo é algo poderoso, que foge a qualquer explicação. Então o impulso vital se inverte: nos multiplicamos, multiplicamos... com a desculpa de nos alimentarmos, destruímos florestas, rios, bichos, e mais e mais, nossa morada, a terra. Mas daqui a pouco amanhecerá e não quero amanhecer pensando em coisas ruins.

Alguns dirão, como se dizia antigamente, que estou "alienado". Não importa. A vida pode ser uma insônia, mas pode ser também o despertar de uma criança que acordará sorrindo e pedindo: "Vovô, vamos ao parquinho? Vamos comer sorvete? Vamos naquela loja de brinquedos..."

A vida pode ser gostosa quando a gente diz "Sim, sim, sim...".

Por isto me levanto e escrevo o que estou sentindo agora.

Luz, mais luz

Vejo, pelo noticiário da TV, a violência que nossos irmãos negros sofrem nas periferias do Brasil e de outras cidades no mundo, como são preteridos até mesmo na fuga da guerra na Ucrânia... e me recordo de Martin Luther King: "A escuridão não pode expulsar a escuridão, apenas a luz pode fazer isso. O ódio não pode expulsar o ódio, só o amor pode fazer isso!".

Como nos velhos uma coisa puxa outra, me lembrei de quando minha mãe estava grávida (ela sempre estava grávida) as vizinhas perguntarem: "Quando é que a senhora vai dar à luz?"

Dar à luz. Que expressão bonita! Que Grande Milagre é a saída de um pequenino Ser do escuro do útero e sua apresentação à luz, à vida...

E aqui abro um parêntese para dizer que o Filósofo Sócrates era filho de uma parteira - mulher que ajudava outras mulheres a trazer seus filhos para o iluminado mundo grego. Talvez isto tenha influenciado sua filosofia, e a criação da sua maiêutica, isto é, "o parto intelectual dos indivíduos".

Para Sócrates, o conhecimento é latente e precisa apenas de estímulo para se revelar e se tornar pleno, luminoso... e pensando nele, penso que talvez um dia todos nasceremos, ou renasceremos com e para a plenitude, para a luz...

Fecho o parêntese e agora, escrevendo esta crônica, ouço um galo cantando no fim da rua. É sinal que vai amanhecer. É o sinal que, daqui a pouco, podemos apagar as luzes artificiais e deixar que entre a do novo dia... E nesse dia, quem sabe, compreenderemos que negros, brancos, amarelos, vermelhos... todos pertencemos à mesma raça, temos todos o mesmo sangue, a mesma alma... e que todos podemos ser iluminadas como o pensamento de Sócrates, como o som do cantar do galo no fim da rua, como as palavras de Martin Luther King: "A escuridão não pode expulsar a escuridão, apenas a luz pode fazer isso. O ódio não pode expulsar o ódio, só o amor pode fazer isso!".

Chuva no telhado

Com as chuvas, os pastos ficam verdes, as árvores frutificam, os pássaros cantam, o mundo se renova.

Da varanda, vejo uma pequena corruíra voar para a beira do Rio Verde, e beber uma brilhante gota d'água em uma folha do ingazeiro.

Ela é jovem e se exibe para o macho que a observa de um galho próximo.

Em segundos, revejo sua vida: o dia em que nasceu, num pequeno buraco no muro de minha casa, a primeira vez em que colocou a cabeça para fora do ninho, olhando tudo com deslumbramento, o primeiro voo, a conquista da liberdade.

Agora, sem me perceber, cumpre seu ritual: passeia na frente do futuro parceiro, trocam sons e... voam.

Não se despedem da casa e do velho cronista. Apenas voam.

Na rua, uma jovem, guarda-chuva aberto, passa ereta, orgulhosa de sua juventude, segurando a mão de sua pequena filha.

Novamente volto no tempo e me recordo de quando ela era criança, atravessando a ponte da Cotia, exibindo feliz seu tênis novo.

Recordo-me de quando, já adolescente, usou o primeiro batom, saiu pela primeira vez em companhia dos amigos...

Ela também cumpriu seu ritual e agora, passeando com a filha, ajuda a escrever a história da cidade, nossa história.

O tempo passa e continuo ali, na varanda...

Há uma frase ZEN que diz: “a solidão do samurai só é comparada à do tigre no deserto, às vezes”.

Minha solidão é voluntária, gosto dela.

Mas observo a tristeza de outro tipo de solidão: a dos que têm medo de viver, de se atirar de boca na vida.

Por isto bendigo o voo das corruíras, bendigo a jovem mãe e sua filha, que cumprem a gloriosa missão de continuar...

E sinto paz.

A paz da comunhão com a terra, com as árvores, com a chuva que, neste momento, faz um som bonito no telhado da varanda

E me ajuda a refletir.

O enigma decifrado

Durante muito tempo fui um ser dividido.

Tinha muitos amigos, mas não conseguia fazer amizades femininas.

Queria transar com todas as mulheres e isto não permitia aproximações desinteressadas.

Me casava e descasava como quem toma um cafezinho no bar da esquina e, me parece, a recíproca era verdadeira.

Era a época pós-pílula.

Eu, para piorar, não me importava nem mesmo com o lugar onde estava. Como o personagem de Mishima "me tornei marinheiro não porque amava o mar, mas porque odiava a terra". E meu mar era o tumulto das ruas, dia e noite, onde quer que me encontrasse.

Às vezes sentia falta de um amor. Ainda está viva em mim a tristeza que senti ao ler a frase de Dostoiévski: "Estendi meus sonhos sob teus pés. Pisa de leve que pisas meus sonhos".

Tristeza porque eu não amava. Eu não era nada, até que...

conheci fulana.

Foi uma paixão repentina e recíproca. Tudo era bom.

Me recordo que, na primeira vez que deitamos juntos, ela sorriu após o orgasmo e perguntei: "Está rindo? Por que?"

Ela me olhou com doçura e cochichou: "Porque gostei. Fiquei feliz. E eu sorrio quando estou feliz!"

Aquela mulher era um milagre e descobri o essencial.

Compreendi o movimento da terra. Compreendi a vida. Compreendi o prazer de outra forma, compreendi o sorriso.

Compreendi a frase de Kirilov:

"Há momentos em que a gente sente, de súbito, a presença da harmonia eterna. É um sentimento claro, indiscutível, absoluto. Vemos, por instante, a natureza inteira e dizemos 'é exatamente assim!' É uma alegria tão grande! Se durasse mais de cinco segundos a alma não o suportaria e teria de desaparecer. Nesses cinco segundos vivo uma experiência inteira, e por eles daria toda a minha vida, pois eles o valem".

Sim, eles o valem.

E hoje, já sentindo a beleza da paz, a beleza de um sorriso, estou certo que todas as mulheres sorriem quando são amadas.

E todas são amadas.

Carta à mulher distante

Ontem à noite, ao ver a previsão do tempo na TV, lembrei-me de quando vivíamos juntos e, como um menino bobo, alegrei-me quando a apresentadora anunciou que choverá no Rio.

Amanhã é feriado e não levantaremos cedo, pensei. Não iremos à praia e ficaremos na cama, nos amando com ternura, nos molhando nos orgasmos.

Depois faremos o café e, de mãos dadas, o desjejum. Sim, nós nos dávamos as mãos até durante as refeições. Lembra-se?

Não, é um detalhe pequeno demais. E nós éramos jovens, não prestávamos atenção aos detalhes.

Estou em outra cidade, não sei como você está e, mutantes, não sei como você é: sua voz, seu cheiro íntimo de cravo, seus sussurros, devem ter mudados, como muda a vida.

Volto no tempo: me recordo das lágrimas em nossos rostos, do longo beijo salgado e bom, você dizendo "Te amo!"; eu dizendo "Te amo", e nos afastando para sempre, sentindo a dor, a imensa dor dos que se separam ainda se amando.

Desligo a televisão e, pela janela, vejo a chuva fina, quase uma neblina, lá fora.

Cubro-me com um bom cobertor. Aqui em Minas está fazendo frio. Acendo o abajur e abro um livro.

Por que em todos os livros existe uma história de amor?

Haverá, na terra, um único ser que nunca experimentou este sentimento tão gostoso, inexplicável, complexo?

Creio que não. Até mesmo a Criatura de "Frankenstein" amou e, quando ficou só, gritou desesperado: "Todo homem deve procurar uma mulher para aquecer seu coração, todo animal deve ter sua companheira, e eu? Devo permanecer sozinho?".

Estou cansado. Coloco o livro na mesa de cabeceira, apago a luz.

Fecho os olhos e, por um momento penso ouvir o farfalhar de seu vestido, o deslizar de seus pés descalços...

Distante, vindo da Pizzaria lá da esquina, ouço a voz de Bob Marley: "Iluminem a escuridão... Iluminem a escuridão...".

E sinto um nó na garganta!

Uma ave-maria, um abraço

No alto-falante da igreja de meu bairro toca a "Ave Maria", de Wagner Tiso e Milton Nascimento, e sinto uma grande tristeza. Tenho a mania de me entristecer quando anoitece.

Vou até à estante e procuro um livro. Não sei qual livro, mas procuro.

Não sei se meus poucos leitores e, principalmente, leitoras, já notaram que vira e mexe volto ao mesmo assunto, aos mesmos autores, aos mesmos livros, à mesma recordação de fatos ou sentimentos que já revivi tantas vezes...

Dante Alighieri diz que o limbo "é o lugar onde estão aqueles que nunca estiveram vivos". Mas a "Ave-maria" na igreja distante me ajuda a ver que estou vivo. Da mesma maneira que uma rua solitária e mal iluminada, um pé de sapato feminino abandonado na calçada, uma adolescente chorando um amor contrariado... A música desses dois meninos de Três Pontas me faz sentir que a vida sempre esteve em mim, que essas pequenas peças são reconstruções e que elas ficarão para sempre na memória.

Norberto Bobbio diz que o tempo do velho é o passado. "E o passado revive na memória. O grande patrimônio do velho está no mundo maravilhoso da memória, fonte inesgotável de reflexões sobre nós mesmos, sobre o universo em que vivemos...".

E meu universo é pequeno: é um beijo adolescente numa praça antiga, o primeiro filme num cinema do interior, o primeiro mergulho no mar... e também uma Ave-maria triste que me dá uma imensa vontade de abraçar a todo o mundo. A toda a vida.

A todos nós que amanhecemos

Ainda não há carros pelas ruas, não há vozes.

O som da Natureza Pura é diferente quando não há a presença humana.

Consigo perceber até o farfalhar das asas de um pardal que voa quando acendo a luz da varanda, consigo ouvir o chape-chape das patas de um cão cruzando a rua, a melodia de uma folha de ingazeiro caindo sobre as águas do Rio Verde.

Burle Marx dizia que "Um jardim faz-se de luz e sons – as plantas são coadjuvantes".

Talvez num jardim artificial isto seja verdade, mas no grande Jardim da Natureza tudo se completa: plantas, pássaros, animais... e tudo contribui para produzir o som do Grande Om.

O som que estou ouvindo agora.

Mas...

Amanhece. Daqui a pouco haverá o confuso som dos humanos.

O som de buzinas nervosas, de andares apressados...

O som dos xingamentos e trocas de ofensa na tela do computador (sim, a raiva, o rancor, as frustrações emitem um som que atravessa a tela e, se não nos cuidarmos, nos atinge e é fatal).

Na cozinha, sinto cheiro de pó de café.

Gostaria de viver em um mundo de alegrias, de delicadezas.

Acendo o fogo, ponho a água para ferver e penso em Shakespeare: "Pobre Lear, ficou velho antes de ficar sábio."

Eu também fiquei velho e, talvez, minha única sabedoria seja ouvir os sons da vida, coar meu próprio café e desejar, em pensamento, um Bom Dia para todos nós que amanhecemos.

O doce perfume da vida*

Tarde amei você, ó beleza tão antiga e, ao mesmo tempo, nova.

Você morava em mim e eu, fora de mim a procurava e, sem entender, lançava-me sobre as coisas belas que você criou.

Você estava comigo e eu não estava com você, mantinha escondido aquilo que não existiria se você não existisse.

Porém você me chamou com uma voz tão terna que ouvi.

Seu brilho e suas luzes afugentaram minha cegueira, seu perfume me envolveu e o respirei. E o respirando, respirei você.

Eu o saboreei e agora tenho fome e sede de você.

Você me tocou e tornei-me ardente no desejo de sua Paz.

---

* Adaptação livre de um texto de Santo Agostinho

Sextou

Sextou. Como se a terra tivesse parado, me indago: e agora?

Sexta-feira é dos jovens. O que irá fazer um velho de 80 anos numa noite fria onde a cena comum é casais degustando uma boa comida, crianças correndo entre cadeiras, e você fazendo um oração para que ninguém venha lhe incomodar com perguntas ou piadas antigas?

E no entanto, saio. Procuro uma mesa isolada, num canto de um vizinho restaurante, onde passarei despercebido. Peço uma pizza, uma taça de vinho, e espero. E enquanto espero, observo: crianças correm entre as mesas, gritando de alegria por terem saído de casa, jovens se beijam, balzaquianas cochicham segredos que só elas sabem, casais trocam carícias ou tédio.

É tudo um grande filme, dividido em cenas que só se cruzam porque são cenas vivas. E a vida derrota o falso. A vida derrotou o celuloide, a imagem da TV, o digital, os telepatas e os arautos de uma nova era ou do fim do mundo.

Sextou. Coisa rara, penso no cinema. Já trabalhei em cinema (não como projecionista, como sempre me perguntam), mas como roteirista, diretor... E pensando em filmes, penso na adolescência, nas mãos dadas "no escurinho do cinema, chupando dropes de anis. Longe de qualquer problema, perto de um final feliz...".

Era feliz o final dos filmes. Tanto quanto era chato voltar para casa e me lembrar da obrigação de acordar cedo e ir para a escola aprender... aprender nada.

O mundo era um lugar. Como são lugares uma rua, um brejo, um lixão qualquer...

Mas sextava. E eu era jovem. E tudo era bonito. E tudo era a imaginada ternura de um abraço, a caricia de um beijo...

Tudo era o que sempre será às sextas-feiras: um balaio de gatos de amor, de corpos, de sonhos, de desejos, de orgasmos, de juramentos de amor, de gostosas traições... de infinitas verdades e sagradas fidelidades.

Assim era sexta-feira.

Assim era quando sextava.

E hoje sextou.

cantar de amigos

Relembrando o velho Nelson

Na década de 60, Nelson Rodrigues dizia que até um pequenino câncer no seio nasce por falta de amor. Nosso grande dramaturgo, um apaixonado pelo ser humano, percebia a rapidez com que os homens caminhavam para o individualismo, começavam a adoecer no corpo e na alma, e lançava seu alerta.

Na época, eu era muito jovem e a frase passou por mim com a rapidez com que tudo passa pelos jovens, mas deixou seu rastro e não consegui me livrar dela. Era como se me acompanhasse por todos os lugares e, de vez em quando, me levava à tortura das indagações que não encontram respostas.

Como tudo é cíclico, hoje, já velho, leio sobre uma experiência que fizeram com coelhos na Universidade de Ohio, nos Estados Unidos, buscando explicações para doenças cardíacas, e me recordo do mestre. Explico: Os coelhos foram separados em grupos e alimentados com uma dieta altamente tóxica e rica em colesterol. A finalidade era acompanhar o bloqueio das artérias, provocado por esses alimentos.

Como era de se esperar, a doença apareceu nos animais. Mas, para surpresa dos pesquisadores, um dos grupos apresentou um nível da gordura 60% menor que o restante.

Estudaram daqui, pesquisaram dali, até que descobriram que, enquanto os que adoeceram eram tratados de maneira fria, mecânica, o grupo que apresentava a menor taxa de colesterol era cuidado por um estudante que os acariciava diariamente na hora do trato, transmitia-lhes carinho. Em suma, o estudante amava os bichinhos e a reciprocidade do amor ajudou-os a suportar a dieta tóxica, a reagirem a favor da saúde, a favor da vida.

Este fato é revelador, num momento em que estamos assistindo não apenas ao avanço de doenças mas do desamor entre nós, humanos, e em relação ao Planeta. Estamos nos odiando por nada, estamos devastando a terra, agredindo-a, modificando sua ordem natural.

Não sei que filósofo – ou físico – disse que "Quando o elétron vibra, o universo estremece". Que bela compreensão da unidade cósmica. Que magnífica lição de vida há por trás destas palavras.

Talvez lá no fundo, em nosso gene ancestral sabemos disso, no entanto somos rasos, não nos aprofundamos nem em nossos conhecimentos. Nós nos preocupamos com a saúde do corpo e o destruímos com alimentos absurdos, drogas fatais, ódio, mesquinhez, egoísmo. Queremos viver mais tempo, fugimos da morte como o diabo foge da cruz, mas nos separamos de nossa alma imortal, que é a fonte primordial da vida.

Nós nos separamos de nosso próximo, assassinamos em nós o amor, seja por uma pessoa, seja por nossa mãe, a terra. Estamos fragmentados e envenenados. O universo estremece e não percebemos, não compreendemos a frase do filósofo (Sir Arthur Eddington – agora me lembre seu nome).

O século XXI, que deveria ser o século da leveza – como nos afirmou Ítalo Calvino – está se iniciando como o século das catástrofes. Todos os dias vemos destruição de nações e sua cultura milenar por causa do petróleo, de países por causa do poder, das florestas pela ganância do dinheiro. Destruição do Ser Humano por avareza, por falta de fé e de esperança.

Mesmo assim, continuamos.

A nave de prospecção Phoenix Mars Lander descobriu gelo em Marte e, consequentemente, água, o que pode ser um sinal que lá houve ou há vida, e ficamos felizes. Amamos o mistério, o conhecido não nos basta.

"A existência de que estamos mais certos e que melhor conhecemos é incontestavelmente a nossa própria", por isto descuidamos tanto dela, mesmo sabendo que estamos de passagem por este pequeno planeta azul e que a viagem consciente é breve.

Um pequenino câncer no seio nasce "por falta de amor", disse o velho Nelson, e não "por falta de ser amado". O amor, é em nós que ele existe e só o conseguiremos no dia em que desaprendermos tudo, que começarmos a nos reconstruir com simplicidade e sabedoria. No dia em que não precisarmos virar a outra face porque fomos agredidos, mas nos olharmos nos olhos e nos entrelaçarmos num abraço de ternura.

Minha avó Virgínia

Quando minha avó Virgínia completou cem anos a família toda foi a Cruzeiro (SP) para as comemorações.

A casa de meus tios Tereza e Rubens, com quem ela morava, estava lotada de filhos, filhas, netos, netas, bisnetos... a mesa, cheia de comidas e bebidas me lembrava uma pintura clássica e colorida.

Crianças corriam pela sala, parentes que não se viam há anos se abraçavam, a alegria se esparramava...

Lá pelas tantas minha avó foi para o quarto pra descansar e a acompanhei. Sentei-me em sua cama e ela, olhar maroto, falou: "Brazinho, imagina você. Semana passada fui ao médico. Ele disse que estou bem, mas recomendou que eu tomasse uma dose de uísque antes do almoço e outra antes da janta. Onde já se viu, com o preço que tá, não posso comprar...".

Prendi o riso, fingi que acreditei e falei: "Vou comprar pra senhora..."

Mas ela me interrompeu, os olhinhos brilhando felizes:

"Uísque não, meu filho. Compra um vinho margoso (vinho tinto seco). Mas não deixa ninguém ver..."

Comprei algumas garrafas, que trouxe escondidas numa sacola, e as levei para o quarto. Ela, com um sorriso ladino, me apertou o braço com delicadeza e cochichou: "Esconde na gaveta da cômoda. Se seu tio vê, bebe tudo"...

Mesmo sabendo que meu tio não bebia, obedeci, imaginando como ela faria para abrir as garrafas, e como fazia para as jogar fora quando esvaziavam.

Minha avó ainda viveu muitos anos e eu me indagava a razão da sua longevidade. Hoje, acredito, encontrei a resposta: ela nunca odiou ninguém, vivia em paz, amava a todos e a tudo. Era querida, respeitada...

Mesmo com nossa pouca convivência ela deixou em mim a lembrança da velhinha bonita, meio moleque, que, com o simples gesto de beber sua tacinha de vinho escondido, encheu-me de ternura, de amor.

E é com amor que escrevo esta crônica, para que ela continue em minha memória, em meu coração.

Tim-tim, Vovó!

Azul de Rubem Braga

Amanhece.

A cama desarrumada parece o que minha mãe chamava de "ninho de guacho". Mas é minha cama, onde discuto com Deus, onde leio, sonho...

Presto atenção aos sons, vou até a varanda e coloco ração para a gatinha de rua que vem me visitar todos os dias.

Vinha. Agora ela sumiu, talvez tenha encontrado um lugar para morar.

Troco a ração, a água, mesmo sabendo que ela não voltará.

Na minha infância havia um homem que foi abandonado pela mulher. Todos os dias ia à rodoviária esperar seu retorno.

Ela nunca voltou.

Mallarmé escreveu: "Todo homem traz um segredo consigo, muitos morrem sem o ter encontrado, e não o encontrarão porque, mortos, tal segredo não existe mais, nem eles. Morri e ressuscitei com a chave de pedrarias de meu último porta-joias espiritual. Cabe-me agora abri-lo longe de qualquer impressão emprestada e seu mistério se emanará num céu extremamente belo".

Será que algum dia descobrirei meu segredo?

Como Mallarmé, precisarei morrer e ressuscitar?

Talvez isto já tenha acontecido.

Os passarinhos estão em revoada,

as árvores, com as folhas molhadas pelo orvalho, estão brilhando.

Daqui a pouco o céu será de um azul tão bonito que crio a expressão: “azul de Rubem Braga”.

É apenas uma expressão, uma homenagem.

É bom homenagear a quem amamos quando amanhece!

Milton Willer – codinome Bituca

A vida corria solta para o menino Wagner: estudava piano com a mãe, tocava trompete na Banda do Colégio São Luiz, cantava no Coral do Irmão João Bosco e nos fins de semana... paquerava as meninas no Clube, depois de ver um bom faroeste no Cine Ouro Verde de Três Pontas.

Mas...

Como Três Pontas era uma cidade pequena, terminado o ginasial rapazes e moças se mudavam ou paravam de estudar e tratavam de arrumar um emprego.

Na família Tiso, parar de estudar era uma frase proibida e Seu Francisco e Dona Walda, que já andavam preocupados com o jovem Wagner, que terminaria o ginasial no fim do ano, decidiram: "Vamos pra outra cidade!".

O destino foi Alfenas, famosa por suas escolas, e sede do Cruz Preta, um dos melhores time de futebol da região, do qual Wagner era torcedor – exceto quando jogava contra o TAC (Trespontano Atlético Clube) – e, principalmente, porque lá tinha agência do Banco da Lavoura, o que permitiria a Seu Francisco continuar no mesmo trabalho.

Mudança feita, o rapaz logo se adaptou à nova vida e fez amizade com os filhos do saxofonista local, todos músicos e todos com nome começando com W: Wanderlei, Wesley, Wayne, etc., como o dele: Wagner.

Da amizade à formação de um conjunto foi um pulo. Em pouco tempo estava criado o "W'Boys", o rei dos bailinhos da região.

Nesse mesmo ano, Milton Nascimento terminou seu tempo de soldado, em Três Corações, e foi morar com a família Tiso, para alegria do Wagner que logo o convidou para ser o "crooner" do grupo.

Contentamento geral, mas havia um problema: Milton não tinha "W e, afinal, o conjunto era o "W'Boys".

Conversa daqui, conversa dali e Wagner, o líder do grupo e melhor amigo do Bituca, resolveu: "Wilton. Daqui por diante seu nome é Wilton Nascimento. É só inverter o M.".

Bituca não gostou: "Nada feito. Meu nome é Milton!".

Mais conversa daqui, mais conversa dali e Wagner argumentou.: "Na hora de anunciar, ninguém fala nome de ninguém. Assim não te chamarão de Wilton!".

Bituca aceitou. Tudo bem, desde que não o chamassem de Wilton. Mas...

O sucesso do conjunto foi imediato. A plateia se maravilhava com o piano de Wagner e com a voz daquele menino magrinho e logo seu nome se espalhou.

Em todos os fins de baile o público corria para o cantor com elogios: "Wilton, adorei!", "Puxa, Wilton, cê canta muito...", etc.

Diante de tanto sucesso os clubes passaram a anunciar em seus cartazes: "Dia tal, o Conjunto "W'Boys" com o pianista Wagner Tiso e o Crooner Wilton Nascimento".

Foi a gota d'água. Bituca chiou, ficou brabo. "Meu nome não é Wilton, é Milton. E tá todo mundo me chamando de Wilton."

Wagner, que conhecia Bituca desde os oito anos de idade e sabia que o amigo era decidido e não voltaria atrás, depois de reuniões e mais reuniões teve um estalo e falou:

"Problema resolvido. A gente deixa o "Milton", o "W" vai no sobrenome. Ninguém chama ninguém pelo sobrenome". E para reforçar seu argumento: "Vê o Cauby. Alguém chama ele de "Peixoto"? A Emilinha, alguém chama ela de "Borba"?"

Bituca pensou, pensou e aceitou.

E como era fã dos filmes faroestes que via no Ouro Verde, ele mesmo escolheu um sobrenome que parecia de mocinho de cinema: "Willer".

A estratégia deu certo e...

Pouco tempo depois o menino Milton Willer soltaria sua voz nas estradas e voltaria a ser Milton Nascimento e, com o inseparável amigo Wagner Tiso, ganhariam o mundo, encantando multidões. Com M, de Milton Nascimento. Com W de Wagner Tiso, artistas mineiros, brasileiros, universais!

Meu tio Luís

Tio Luís não trabalhava.

Ia a todos os enterros que havia na cidade, a todas as missas de sétimo dia, a todas as procissões.

Solteirão, era mulherengo e estava sempre de olho em alguma vizinha. Sua ocupação era beber conhaque e vagar pelas ruas, praças, rodoviárias, cumprimentando homens e mulheres com um toque no chapéu.

Todos os dias, às onze e meia em ponto ele entrava na varanda da casa de meus pais e fazia um hã, hã, como se limpasse um pigarro.

Minha mãe aparecia e o convidava pra entrar. Ele recusava: "só vim saber se estão todos bem!".

Ela respondia que sim e insistia: "Entra, o almoço tá pronto..." Ele fazia uma pausa e respondia: "vou aceitar. Só hoje. Não gosto de dar trabalho!". Tirava o chapéu, colocava-o sobre a cristaleira e comia em silêncio.

Um dos irmãos lhe dava um dinheiro para as necessidades diárias, outro lhe dava roupas (andava sempre de terno, chapéu). Assim ele ia levando a vida.

Um dia, meu tio Tonico, vindo a Três Corações, fez uma reunião familiar – sem a presença dele, claro – e observou: "A situação do Luís não é boa. É meio humilhante a gente dar mesada... Vamos abrir um comércio pra ele. Cada um dá um pouco...". Todos gostaram da ideia.

Quando consultado, Tio Luís optou por negociar com fumo de rolo, disse que dava um bom dinheiro. Os irmãos concordaram e, duas semanas depois, ele abriu uma venda com fumo de rolo goiano, legítimo.

Faliu em seis meses.

Novamente os irmãos se reuniram, ele explicou que era culpa do transporte que atrasava, da chuva que umedecia o fumo...

Compraram um bar, mas como ele bebia muito o negócio degringolou e todos acharam melhor fechá-lo.

Nova reunião de família e abriram um negócio maior, para que ele tivesse mais responsabilidade: uma loja de rádios de pilha japoneses, liquidificadores turbinados e televisores do último tipo.

Novamente faliu.

Mas estava feliz.

Sem nada pra fazer, passava os dias na zona, onde todas as prostitutas ouviam rádios de pilha japoneses, tomavam vitaminas que faziam em seus liquidificadores turbinados, viam suas televisões último tipo.

Tio Luís era o rei do pedaço.

Picadinho à carioca

Mesa posta: arroz, feijão, carne moída e ovo malpassado. O dono da casa estava no centro (não gostava da cabeceira), de terno, sem gravata, de meias e chinelos. Um guardanapo branco caía-lhe no peito, desconjuntado. Eu estava com fome e esperava.

Como houve uma certa demora, o dono da casa falou, dirigindo-se à esposa: “Elza, cadê a fulana?”. Dona Elza chamou a mulher dali mesmo e ela entrou na sala, enxugando as mãos num pano de prato.

O dono da casa falou: “Senta aí, a comida está esfriando...”

A mulher, falou: “Desculpe, seu Nelson, eu estava adiantando um serviço...”.

Sim, o homem era Nelson Rodrigues. A fulana era a cozinheira da casa e ele fazia questão de comer com todo mundo junto: todos são iguais.

Naquele momento, me lembrei de meu pai, que tinha que colocar um terno quando um engenheiro da Ferrovia passava pela estação de roça onde ele trabalhava. Me lembrei de minha mãe vestindo sua melhor roupa para fazer compras na cidade...

Me lembrei de toda minha vida, até ser acordado por sua voz: “Chediak, você não gosta de Picadinho?” (Era esse o nome do prato: picadinho à carioca).

Respondi que sim, gosto muito.

E ele: “Elza, o Chediak gosta, mas não come...”.

Imediatamente me acordei daquela revelação de humanidade, de grandeza, e quis dizer ao Nelson que não comi porque estava comovido, que queria apertar-lhe num abraço dolorido de tanto amor, que queria tomar a bênção de Dona Elza, que queria beijar o Nelsinho (seu filho) como quem beija um amigo, um irmão, de toda a vida...

Mas não disse nada. Misturei o purê com a carne moída e comi. Comi devagar, saboreando cada gosto, como um mendigo saboreia um pão, como um analfabeto saboreia o aprendizado de uma palavra.

Como devemos saborear a descoberta de que um simples "picadinho à carioca" é um alimento de amor. Com a descoberta que um escritor, um jovem aprendiz de cinema, uma mulher cuidadosa, um filho devoto, uma cozinheira... somos iguais Que todos comemos na mesma mesa e que em apenas alguns minutos de espera podemos reconhecer um gênio que compreende que basta ser humano para revelar a nós a história de nossas vidas.

Meu avô, seu Zé Turco

Depois que o médico constatou que ele tinha problemas cardíacos, meu avô passava o dia sentado em frente à janela que dava para a rua vendo as mulheres passarem. Eram lavadeiras com fardas dos militares, vendedoras de laranjas, vendedoras de verduras... Quando avistava um carro, na curva da Cotia, ele gritava: "Brazinho, vem fechar a janela!"

Eu corria, fechava a vidraça, esperava o automóvel passar, a poeira baixar, e a abria novamente.

Quando via uma jovem mulher mais provocante, me chamava baixinho, para que minha avó não escutasse, e falava com seu sotaque carregado:

"Vai lá, *suspande* a saia de ela, eu *te dar uma* doce da padaria!"

Eu atravessava a rua, me escondia atrás de um poste e, quando a mulher passava em frente à janela onde ele espreitava, suspendia-lhe a saia e ela, assustada, soltava gritos, xingava... enquanto eu disparava em correria.

Certa tarde, pediu que eu suspendesse a saia de uma jovem, recém-casada com um ferroviário forte e malencarado.

Fiz o que ele mandou, mas...a mulher contou pro marido.

O medo mudou minha rotina, por mais de uma semana, quando ia à escola, passava por outra rua, medroso, sempre acelerado.

Mas um dia... atravessando a Ponte da Cotia, senti uma forte mão me segurando pelo pescoço: era o marido.

Fiquei apavorado. Ele agachou-se e, olhando nos olhos, falou, sério:

"Eu devia te jogar no rio, moleque sem-vergonha... Vou falar com seu Zé Turco, ele vai te dar uma surra..."

E me arrastou, enquanto os passantes caíam na gargalhada.

Quando meu avô abriu a porta e viu o que acontecia, não se alterou. Perguntou com voz grave: "O que esse menino *abrontou*, agora? Já falei bra ele..."

O marido o cortou:

"Seu José, ele levantou a saia da minha mulher, esse sem-vergonha..."

Meu avô me puxou pelo braço, dizendo:

"Já bra dentro. Vai ficar quarto escuro, vai!"

E, para o marido ciumento: "Eu vai dar uma surra nesse *muleque. Figa suzegado...*"

Pela primeira vez, fiquei decepcionado com meu avô. "Foi ele quem mandou", pensei.

Eu o ouvi se desculpando novamente, se despedindo, fechando a porta da sala...

E quando o homem se afastou, ele foi até o quarto, acendeu a luz e, com um sorriso nos lábios, meteu a mão no bolso e, tirando uma moeda, falou:

"Brazinho, toma. *Dexa* ele sumir na curva, vai padaria e compra um sonho. Está *fresquínio*. Da janela senti o cheiro saindo da forno!".

Peguei a moeda, coloquei no bolso, ele se agachou e concluiu piscando um olho: "Cê viu? Que perna bonita tem a mulher de ele, *benzadeus*. Pena a gente num poder ver mais... ele vai ficar *presdando* atenção, o danado..."

E me olhou com ternura, agachou-se para ficar da minha altura, e me abraçar por toda a vida.

Scliar

Quando jovem, fui estudar cinema em Roma. Outros brasileiros também estudavam lá: músicos, advogados, engenheiros e, principalmente, padres.

Ganhávamos, do governo brasileiro, uma bolsa de $ 100 (isto mesmo: cem dólares) mensais que atrasava constantemente.

Morávamos, o ator Ênio Gonçalves e eu, num muquifo distante do centro, que alugávamos, com duas camas, com direito a um banho por dia.

Naquela época o Brasil não era um "País sério" e não nos pagava na data certa. Às vezes atrasava meses e, consequentemente... ficamos sem ter o que comer.

No primeiro dia do jejum forçado bebemos muita água, ficamos sem conversar e deitados a maior parte do tempo, para guardar energia.

No segundo dia veio um gosto amargo na boca, o hálito ficou pesado, senti irritabilidade e sono.

No terceiro dia falei pro Ênio: "Vamos pra embaixada. Ou a gente arruma o que comer ou morremos!".

O Ênio relutou, sentia grande sonolência, e não tínhamos dinheiro para a passagem de ônibus.

Insisti e saímos caminhando, a pé, devagar, com vontade de sentar em qualquer praça (e como tem praças em Roma), no meio fio, na calçada...

O caminho me pareceu interminável, a cidade se tornou maior do que a que conhecia e, às vezes, me parecia já ter passado pelo mesmo lugar, até que vimos a Piazza Navona, e o magnífico Palácio Pamphilj, sede da embaixada brasileira.

Atravessávamos a piazza quando ouvi uma voz nos chamando.

Era o Scliar. O pintor Carlos Scliar, que conhecia o Ênio desde Porto Alegre e a quem eu conhecera no Rio.

Paramos e começamos a conversar. Cutuquei o Ênio e disse: "Fala!".

Scliar percebeu e perguntou o que era. Ênio, muito tímido, vacilou. Olhei pra ele, sério, fixo. E então ele disse: "É que a gente tá sem dinheiro e...".

"Não comemos há três dias!", completei.

O Scliar teve uma reação de susto. Pôs a mão na cabeça e, mesmo sendo ateu, sussurrou: "Meu Deus!!!"

Tirou do bolso uma bolada de dinheiro e nos deu.

Pouco depois, na *trattoria* mais próxima, comemos um belo *spaghetti* acompanhado por um vinho tinto. E comemos tanto que comecei a suar e, logo que saímos, o mundo balançou como uma gangorra, como uma barcaça no oceano.

Deitei num banco da praça, o corpo frio, e vi o mundo girar, girar... e, por ter me alimentado, por estar em Roma, por estar vivo, agradeci aos céus. E, com fervor, agradeci pela generosidade deste grande Artista Brasileiro: Carlos Scliar.

Ah, se tu soubesses...

Ele, vaidoso, estava sempre de terno passado, gravata alinhada, cheio de delicadezas, de amizades.

Trabalhava à noite, tocando em bares e cabarés...

Ela, ótima cantora, deixara a profissão para "se dedicar ao lar". Gostava da casa limpinha - isto exigia tempo integral - e raramente tomava uma cerveja.

Ele, com seu jeito bonachão, não dispensava o uísque.

Os dois se completavam e, muitas vezes, eram flagrados passeando de mãos dadas, trocando carícias, como os namorados de outrora.

Numa manhã de sol ela ficou doente.

Levada ao hospital constatou-se que seu estado era grave.

O filho, preocupado, deu a notícia aos poucos - afinal, o coração do pai já não andava bom - mas mesmo assim ele não resistiu e veio o enfarte.

A ambulância o levou para o mesmo hospital onde estava a mulher.

Ela estava inconsciente.

Ele estava lúcido e com saudades.

Queria visitar a esposa mas, vaidoso, não queria que ela o visse com a roupa de doente, os chinelos... e então teve a ideia: pediu ao filho que lhe trouxesse o terno branco de linho, o mais chique, o chapéu Panamá, flores e, dia seguinte, apesar da proibição dos médicos, levantou-se do leito, vestiu-se com elegância, atravessou o pátio até a ala onde estava a esposa e, com um sorriso nos lábios, beijou sua testa, apertou-lhe a mão, com o carinho dos enamorados, e deixou as flores ao lado da cama...

Fim das visitas, voltou pelo mesmo pátio, recolheu-se ao mesmo quarto, colocou novamente a roupa de enfermo e deitou-se triste por não ter ouvido a voz da mulher que amava.

No dia seguinte o filho trouxe outro terno, de outra cor, e o ritual de amor se repetiu num crescente de afetos, de ternuras que ela, por estar sedada, não percebia...

Uma tarde ela morreu.

Morreu sem saber que o marido estivera sempre a seu lado, separado apenas por um pátio, algumas paredes.

Ele, logo que soube, vestiu novamente seu terno branco, o mais elegante, pegou as flores e, pela última vez, foi ao quarto da esposa. Segurou suas mãos, beijou os lábios já frios, limpou do rosto que achava tão bonito a pequena lágrima que caíra.

No ar e na vida, havia um lamento. No coração daquele homem o coração batia mais dolorido.

A mulher chamava-se Albertina.

O homem chamava-se Alfredo.

Mas por toda a eternidade era e será chamado, carinhosamente, de Pixinguinha.

Churrasquinho, adeus

"Uma geração vai, e outra geração vem, mas a terra para sempre fica. O sol nasce, e o sol se põe, e volta ao lugar onde nasceu." E a cada nascer do sol há um sorriso de esperança. E a cada por do sol há a tristeza de um adeus.

Às vezes é um adeus triste a um amigo querido. Às vezes um adeus doloroso à mulher amada. Às vezes um adeus simples, desses que a gente nem fala, mas sente que ficou um vazio no lugar de quem se foi. Este o vazio que senti quando soube da morte do Churrasquinho.

Todos nós o conhecíamos e, comigo, ele sempre foi gentil. Nunca soube seu nome, e penso que ele mesmo o havia esquecido há muito tempo. Como esquecera o que era a esperança, o amor, a solidariedade. Havia deixado de sonhar. E um homem privado dos sonhos tem uma carga muito pesada para carregar. E ele, como nós, era frágil. Às vezes esboçava uma reação, aparecia com uma camisa limpa, dizia-nos que pararia de beber, que iria cuidar de si. Mas, pouco a pouco, ia se despindo de tudo. Renunciou às roupas, à casa, às companhias. Eu o vi, várias vezes, caminhando descalço pelas ruas. Não era o caminhar do prazer, dos que querem sentir o contato com o chão, mas o caminhar de quem sente a dor do solo que queima, dos pedregulhos que ferem as solas dos pés. Era o caminhar dos que não têm sapatos. Dos que não têm nada.

E era o nada que o Churrasquinho sentia à sua volta. Ele tornava-se cada vez menos e, depois de separar-se dos outros, de seus semelhantes, separava-se de si próprio. Inconscientemente procurava o fim, o descanso de tudo.

Na peça "A morte do rei", de Eugene Ionesco, o Rei "... para morrer, precisou antes destruir suas relações com o mundo e separar-se de si mesmo... através da renúncia." Este rei é o homem, é cada ser humano, mesmo o mais humilde, aquele que nos pede uma moedinha para o pão ou para a pinga, para sobreviver até o anoitecer ou, quem sabe, até a manhã seguinte.

No mundo ganancioso, o homem perdeu a dignidade. Ele mede os valores do Ser pelo valor monetário. Nós somos classificados pelo que produzimos. É comum ouvirmos a sentença dura, cruel:

"Fulano é vagabundo. Não trabalha".

Os acusadores não querem saber se o fulano é poeta ou santo, para eles o ócio, mesmo o ócio criativo, é odioso, pois eles já perderam a capacidade de contemplar, a capacidade de se comunicar com a terra ou com Deus. Como venderam, e vendem, suas vidas ao trabalho escravo, odeiam os que têm liberdade. Mesmo que seja a liberdade mais elementar, a liberdade de ser pobre em um mundo em que a riqueza material é considerada virtude.

Tem um ditado japonês que diz que "quando os homens oram pedindo riqueza aos deuses, estes apenas riem." E esses deuses que riem de nós nunca riram do Churrasquinho. São esses deuses que o estão recebendo, agora, num paraíso onde há generosidade e compreensão. Num paraíso onde não há julgamento, pois os deuses sabem que, para o outro Deus, os humildes são bem aventurados e são eles que o Terão na glória de eternidade.

Quanto menor a matéria, mais depressa ela corre em direção ao todo. E Churrasquinho não tinha nada, não carregava peso material, por isso ele chegará depressa aos páramos longínquos.

Confesso envergonhado que às vezes o evitava, esquecia que ele era um semelhante meu, que fazia parte das nossas ruas, das nossas praças, da nossa cidade, das nossas vidas. Mas agora sentirei sua falta. Sua morte me revelou que ando esquecido das palavras: "Amarás a teu próximo como a ti mesmo". E esta revelação me faz pedir a Deus que tenha misericórdia dele que se foi. E tenha misericórdia de nós que aqui ficamos.

A vida reescrita

Dias atrás, num velho romance policial, reli uma cena em que o detetive passa por um laranjal e, em meio a tantas árvores verdes, vê uma totalmente branca pela florada.

Ele pergunta ao xerife local por que aquela laranjeira, diferentemente de todas as outras, está cheia de flor. O xerife, então, lhe responde que ela vai morrer, sabe que vai morrer e, por isto, se encheu de flores: para que seus frutos nasçam e produzam as sementes que perpetuarão sua espécie.

É uma cena simples, bonita, que me levou a pensar na vida e na morte.

Mas os pensamentos, em separado, foram rápidos, já que há muito percebi que uma não existe sem a outra.

No evangelho de João, 12:24, nós lemos que: "Se o grão de trigo, caindo na terra, não morrer, ele fica só. Mas, se morrer, dá muitos frutos."

Como são belas as palavras e as cenas!

Primeiro imaginemos o grão sozinho, que caiu sobre uma pedra e não renascerá, ficará ali, sentindo a solidão cósmica. Sentindo-se tão pequeno... tão pequeno como nós, humanos, nos sentimos diante no Universo.

Agora imaginemos o outro grão, caído em terra fértil, se abrindo com alegria, os brotos saindo e se transformando em planta, flores e frutos.

Como esta observação nos ajuda a compreender o quanto somos importantes e como é bela e fundamental a morte que se transforma em vida e continua o movimento cósmico, universal!

Mas o que é esta transformação?

O eterno retorno? O círculo que se inicia no próprio fim?

Pode ser. Mas por que estou falando deste assunto nesta madrugada fria?

Talvez por estar vendo em excesso, nos Jornais e nas TVs, os noticiários que entristecem nossa Pátria.

Talvez por ter ouvido o choro bonito de um bebê que nasceu há poucos dias na casa de um vizinho e alegrou a nossa rua...

Talvez por sentir que a "Uma geração vai, e outra geração vem; mas a terra para sempre permanece", e com ela permanecem as laranjeiras que florescem para ficar na memória da terra e as indagações de um velho insone que lê notícias de luto... que escuta gritos da vida que, continuamente, como uma crônica sem sentido, está sendo reescrita...

quireras

Nós, como lenda

Ontem à tarde, caminhando pelo meu bairro, vi um jovem canário da terra andando no meio da rua.

Suas penas estavam arrepiadas e ele estava triste.

Cinco casas à frente um homem pulverizava agrotóxico no mato que cresce na rua.

Me entristeci: aquele canário comeu sementes envenenadas.

Há muitos anos, numa época em que ainda não se falava em ecologia, Albert Einstein já alertava : "Se as abelhas desaparecerem da face da terra, a Humanidade terá apenas mais quatro anos de existência."

Nós não ouvimos.

As abelhas estão desaparecendo da face da terra. Morrem envenenadas, como morrerá aquele canário.

Morrem como as florestas que estão sendo devastadas.

Morrem como nós que as matamos.

É a Lei do Retorno.

Só que, um dia, depois da morte, as abelhas, os canários, as florestas voltarão.

E nós seremos apenas uma lenda no Universo.

Uma lenda inútil, já que não restará ninguém para ouvi-la e...

ninguém para escutá-la.

De uma janela*

Toda manhã, da janela de seu quarto, a menina via a praça e, do outro lado, o Convento, um prédio de grossas paredes, janelas gradeadas e sempre fechadas.

Um dia, ao sair para a Escola, a menina encontrou-se com outras crianças que, reunidas na praça, comiam queijadinhas. Ela gostava de queijadinhas e uma de suas amigas disse que haviam comprado no Convento. Estavam vendendo o doce pra comprar alimentos para as Freiras Enclausuradas.

Ela não sabia o que era "enclausurada".

Contou suas moedinhas e, com um pouco de medo, encaminhou-se até o casarão.

Num corredor escuro, foi chamada pela Irmã Porteira que perguntou, através de uma janelinha escura, o que ela queria.

"Queijadinhas", respondeu sem ver o rosto do outro lado.

No dia seguinte, e no outro, e no outro... voltou para comprar seu doce preferido e pouco a pouco foi conversando com a Irmã Porteira. Esta lhe explicou o que era Clausura e disse que sua vida era aquele quarto escuro, sua única companhia era uma cruz.

A menina contou-lhe que, debruçando em sua janela, podia ver o convento todos os dias.

Poucos meses depois, na mesma rotina, falou à Irmã Porteira que não iria mais comprar queijadinhas mas que,

---

* Li esta estória contada por Rosa Montero (escritora espanhola) e a reescrevo com menos talento, à minha maneira e com ligeira modificação no final.

se ela precisasse, poderia a procurar em sua casa, do outro lado da praça...

A menina cresceu, tornou-se mulher, formou-se em medicina, voltou a morar na mesma casa, encontrou um companheiro, teve filhos...

Uma tarde, folheava um livro de ciências quando a campainha tocou.

Abriu a porta e, em sua frente, viu uma velhinha magra, encurvada.

Perguntou o que ela desejava.

A velhinha respondeu: "Debruçar-me em sua janela".

A mulher achou estranho, mas conduziu a velhinha até seu quarto. Ela se dirigiu à janela...

E viu a praça onde crianças brincavam alegres, pombinhas voavam em bando, casais de namorados passeavam de mãos dadas...

Viu o velho prédio do convento e, no que poderia ser o quintal, grandes árvores balançando com o vento...

Seus olhos se iluminaram e ela murmurou:

"É bonito..."

E só então a mulher compreendeu que a velhinha era a Irmã Porteira e que ela, pela primeira vez, via o mundo... descobria o Deus que nunca encontrara em seu claustro escuro e frio.

Fumaça

O trem sempre foi para mim um símbolo de esperanças e de tristeza.

Esperança porque via as partidas, o adeus dos que se arriscavam, que se afastavam para sempre, buscando a luz fora daquele pequeno e insignificante universo em que viviam.

Tristeza porque, criança ainda, via as poucas pessoas que chegavam, trazendo novidades de um mundo desconhecido e que me fascinava, mas estava muito distante de mim.

Na música "Encontro e Despedidas", Milton Nascimento e Fernando Brant, dizem que...

"Todos os dias é um vai-e-vem
A vida se repete na estação
Tem gente que chega pra ficar
Tem gente que vai pra nunca mais
Tem gente que vem e quer voltar
Tem gente que vai e quer ficar
Tem gente que veio só olhar
Tem gente a sorrir e a chorar
E assim, chegar e partir
São só...".

Nas frases dos compositores, a repetição da vida se confunde com o nascimento da poesia. Uma transformação do simples ao universal/infinito.

Para mim, apenas uma constatação de um tempo que só resta na lembrança, e as lembranças são variáveis a cada momento. Como é variável o que sentimos quando "tem gente que chega para ficar": talvez um grande amor, talvez uma amizade, talvez uma ternura passageira.

Quando "Tem gente que vai..." e deixa em seu lugar um vazio tão grande quanto os trilhos de uma locomotiva que sumiu na curva e dela não vemos senão a fumaça que, também, pouco a pouco vai sumindo... sumindo...

Como somem os devaneios.

Como some a crônica!

Gamelas

Hoje, na feira, vi um idoso vendendo gamelas.

Poucas pessoas paravam para perguntar o preço ou, simplesmente, para ver este objeto esquecido há tanto tempo.

Apenas viam, ninguém comprava, mas o homem não se incomodava: sua função era vender as gamelas que, acredito, ele mesmo fabricara. E cumpria sua missão com seriedade e nobreza.

Comprar era uma decisão dos outros, não dele.

Houve um tempo em homens e mulheres faziam tudo com suas mãos: plantavam, capinavam, colhiam os grãos, esculpiam canecas, moldavam panelas... e tudo estava integrado, fazia parte de um ciclo que se completava quando o alimento era recebido como um prêmio pelo trabalho de produzi-lo.

Em minha casa havia uma pequena gamela para lavar o arroz, misturar algumas farinhas ou outras iguarias...

Como meu pai era agente ferroviário de estação de roça, onde não havia açougue, não tínhamos carne bovina mas, quando em suas pescarias, ele pegava algum dourado, corria para o telégrafo e comunicava para um amigo qualquer na cidade e faziam negócio: trocavam o peixe pela carne que vinha no primeiro trem que partisse de Três Corações...

Eu o recordo, feliz, pegando o pequeno embrulho com o maquinista, minha mãe segurando a gamela, colhendo hortelã na horta, moendo a carne num moedor manual, misturando os temperos com a mão, modelando o quibe...

Era um dia feliz. Quanta alegria eu sentia ao ver a mesa posta, ver meus pais felizes, orgulhosos da refeição que se transformava numa celebração silenciosa de carinho, de amor.

E hoje esta alegria ressurge vendo as mãos calejadas de um velho que segura as bonitas gamelas... objeto abençoado que um dia fez parte de nossas vidas e agora retorna, em forma de memória.

A roda

Nenhum carro nas ruas. Na esquina, surge um catador de material reciclável. Ele para seu carrinho, pega do chão uma garrafa pet e segue, passando por mim que o observa.

Quantas garrafas ele catará até o fim do dia? Não sei.

A cidade é dividida. No centro e nas partes mais altas, as casas são grandes, bem construídas. Na periferia, se espremem em ruelas apertadas, amareladas pela poeira, pelos alagamentos e pelo tempo.

Nossa história é falsa e não sei se alguém escreverá a verdadeira porque isto ferirá a políticos, aos "honrados" homens do passado que são lendas, só lendas...

Por um instante imagino que o Catador de Papel é o homem ideal para escrevê-la. Ele pode nos dizer, lendo o lixo que revira, da fartura das festas na casa-grande, da alimentação congelada que a classe média consome, dos sapatos rotos que os humildes, como ele, como nós, já não conseguem consertar...

Ontem de manhã recebi pelo *Zap* um vídeo sobre a ferrovia, que não existe mais. Seu final é um plano geral da cidade, verde, tranquila...

À tarde, num órgão público vi uma foto, feita no mesmo ângulo do vídeo, a cidade atual, sem árvores, sem humanidade. Onde havia uma mangueira hoje é um puxadinho, no pátio das jabuticabeiras fizeram um loteamento. Somos almas loteadas. Somos homens partidos.

"Esse é tempo de partido,/tempo de homens partidos./ Em vão percorremos volumes,/viajamos e nos colorimos./A hora pressentida esmigalha-se em pó na rua./Os homens pedem carne. Fogo. Sapatos.

As leis não bastam. Os lírios não nascem da lei...", escreveu Drummond.

Não bastam.

Hoje, me parece, vivemos tempos sombrios...

E para fugir desta constatação, convido meu neto Matheus para comprarmos figurinhas, brincar no parquinho...

Gosto de crianças. No coração das crianças o tempo ainda não se partiu.

Diante dos brinquedos, Matheus larga minha mão e corre para encontrar seus amigos. Sento-me, sozinho, num banco, ao sol e, na imaginação vejo meninos e meninas felizes... Em minha imaginação vejo meninos e meninas formarem uma grande roda e cantarem: "Vem, me dê a mão/A gente agora já não tinha medo/No tempo da maldade/Acho que a gente nem tinha nascido...".

Segredos

Assim como todos nós temos uma música que nos lembra momentos de nossas vidas, acredito que cada rua também tem uma história, um cheiro ou até um poema que nos remete a coisas que nos marcaram para sempre.

Explico: ontem, andando pela Rua da Cotia passei por uma casa limpinha, dessas que nos fazem perceber que ali vive uma família caprichosa, e me lembrei de um casal que morava no bairro - eu era criança - e todo mundo invejava porque era um casal feliz.

Era uma felicidade escancarada: andavam de braços dados - naquele tempo os casais andavam de braços dados -, trocavam carícias públicas, beijos enamorados.

Ele era o único marido, em toda a cidade, que oferecia flores à própria esposa.

Ela, todas as manhãs, quando ele ia para o trabalho, ficava na calçada dando-lhe adeus, como uma namorada adolescente, até que ele dobrasse a esquina.

"Ridícula!", cochichavam as mulheres. "Pouca vergonha!" – sussurravam os homens.

Mas um dia o marido recebeu uma carta anônima: "Sua mulher está te traindo. Logo que o senhor sai, ela vai correndo encontrar o amante na rua tal, número tal."

Ele leu tudo em silêncio e, em silêncio, rasgou a carta em pedacinhos e nada disse à mulher.

Cinco dias depois, nova carta, com detalhes mais íntimos, descrevendo sussurros que ele próprio conhecia, palavras ditas na hora do amor que ele mesmo havia escutado em tantas noites...

Desta vez não a rasgou, guardou-a no cofre e escondeu a chave.

As cartas foram pontuais durante mais de um ano, sempre com a mesma letra e mesmo tom. E durante mais de um ano ele as guardou em segredo e continuou sua rotina de marido enamorado.

Mas numa tarde de domingo, quando apanhava tomates para o jantar, sentiu uma dor no peito e morreu.

No dia seguinte, não se sabe como, toda a cidade, tomada de espanto, ficou sabendo das cartas anônimas. E mais, ficou sabendo que quem as escrevia era a própria mulher. Sim, era ela quem descrevia as cenas ardentes com um amante imaginário, era ela que se comprazia em fazer o marido sentir-se traído.

- Mas por quê? - perguntarão meus três ou quatro leitores -, por quê?

A resposta foi para o túmulo com ela. Mas ainda me lembro que aquela descoberta foi um choque para todos e que por muito tempo eu ouvia homens e mulheres cochichando pelas esquinas, tecendo hipóteses para o fato.

E ontem, passando pela Cotia, e me lembrando daquele casal, me recordei do soneto "Mal Secreto" que recitávamos, com o coração cheio de mágoas, em nossas adolescências:

"... Se se pudesse o espírito que chora / Ver através da máscara da face, / Quanta gente, talvez, que inveja agora / Nos causa, então piedade nos causasse!..."

Claro, outros poemas estão ligados à Cotia da infância. Mas foi este soneto que me veio à memória junto com o cheiro de café sendo torrado, de alho refogado, das vozes das crianças que corriam pela rua descalça.

Foi este soneto que, para mim, ficou ligado àquele casal que é, hoje, uma pequena história da qual ninguém se lembra mais.

O tempo passa

Antigamente havia no Rio de Janeiro uma empresa de mudanças chamada A Lusitana cuja propaganda era O MUNDO GIRA E A LUSITANA RODA, uma frase tão fácil e perfeita que a gente notava a passagem do tempo através das mudanças. E como se mudava no Rio daquela época!

Copacabana era moda, Ipanema e Leblon começavam a nascer e os moradores do subúrbio migravam em massa para a zona sul. A Lusitana rodava muito, o tempo passava devagar, como no poema de Drummond.

O tempo passava, mudava, mas não eram apenas as mudanças físicas que nos davam esta sensação, mas também as mudanças de hábito. Época romântica, era comum o homem acender um cigarro sem filtro, encher o peito de fumaça e soltar uma grande baforada, como se fora um Humphrey Bogart nas telas de cinema. Ah, como as mulheres suspiravam, as meninas olhavam com olhares lânguidos... Como nos tornávamos másculos imitando o grande astro.

O cigarro trazia em si muitos mistérios. Até os psicanalistas arriscaram palpites a seu respeito: ligavam o simples tirar daquela fitinha para abrir o maço, com o desvirginamento. Certo ou não, era um grande prazer abri-lo lentamente, levar o primeiro cigarro à boca e acendê-lo ouvindo o estalinho do isqueiro Zippo. E como era sensual quando alguma garota, especialmente a amada, tirava do bolso de nossa camisa um Hollywood com filtro, acendia-o, dava uma tragada e o levava a nossos lábios desejosos, como se quisesse acender "o nosso" fogo. E acendia. Quantos beijos enfumaçados trocamos pelas madrugadas de nossas ruas, ouvindo a voz de Elizete Cardoso afirmando que "magnífico é o primeiro cigarro depois do café..."

Mas o tempo passou e, hoje, "É PROIBIDO FUMAR", como dizem as pesquisas médicas, as placas nos lugares públicos e a música de Roberto Carlos.

Para mim, um bom marcador de tempo são as pessoas que amamos. Dia desses encontrei-me com uma mulher pela qual fui apaixonado quando tínhamos 16, 17 anos. Pele, porte, voz, gestos... tudo nela era lindo e agora... bem, agora... Claro, ela deve ter sentido o mesmo em relação a mim, pois nosso cumprimento foi rápido, desajeitado, sem graça... Nosso amor, como era gíria na época, "ficou na saudade".

Outro marcador são os meios de comunicação. Ataulfo Alves tinha saudades da professorinha que lhe ensinou o bê-á-bá. Hoje, certamente, estaria conversando com ela pelo celular, vendo sua imagem...

Pela Internet podemos voltar, também, no tempo histórico, às vezes à nossa própria história, como se percorrêssemos um ciclo. Será a maldição ou a benção do Eclesiastes? "E nasce o sol, e põe-se o sol, e volta ao lugar donde nasceu". Sim, tudo vai e volta, como a dança de salão, os veranistas (há quanto tempo eu não ouço a palavra "veranista"), e, ainda que digitalmente, o Correio Sentimental.

E nesta ciranda podemos encarar o tempo como devastador ou renovador. Podemos ouvir um provocador Funk ou o samba do Paulinho Soledade: "Vê, estão voltando as flores. Vê, nesta manhã tão linda. Vê, como é bonita a vida. Vê, há esperança ainda. Vê, as nuvens vão passando, vê, um novo céu se abrindo. Vê, o sol iluminando por onde nós vamos indo.......".

E vamos indo!

Os equilibristas

Quando jovem, aprendi que Utopia é "o lugar ou estado ideal, de completa felicidade e harmonia entre os indivíduos, sociedade com leis justas, comprometidas com o bem estar de todos".

Mas este lugar tomou *doril* e... o lugar sumiu. O bem estar o gato comeu...

Perdidos entre desesperanças e *Fake News*, como o personagem do Drummond murmuramos:

"Perdi o bonde e a esperança/Volto pálido para casa./A rua é inútil e nenhum auto/Passaria sobre meu corpo..."

Sim, perdemos o bonde, a esperança e estamos desnorteados.

Sabemos que precisamos mudar... mas fazemos a mudança errada: tatuamos nossos braços, pernas... aumentamos os glúteos, damos um toque oriental nos olhos...

Francisco Ortega diz que "não podendo mudar o mundo, tentamos mudar o corpo, o único espaço que restou à utopia".

É verdade.

Hoje é domingo, falta-nos o pão, o gás subiu de preço, a água está poluída...

Mas, Deus é brasileiro, o mundo gira e a Lusitana roda...

O tempo nos trará outros apertos, é verdade.

O tempo nos trará outras alegrias, também é verdade.

Mas, para não cairmos, precisamos concentração e olhar para a frente.

Vamos nos equilibrando.

Como equilibristas do arame farpado... mas equilibristas.

Sempre!

O eco

A madrugada estava fria e havia neblina.

Não conseguia ver as estrelas ou a lua. Não conseguia ver nem mesmo a luz do poste em frente à minha casa.

Só o barulhinho das águas do Rio Verde me lembrava que havia vida e que faço parte dela.

Há muito tempo, catalogo o canto dos pássaros.

O sabiá é o primeiro a acordar. Às quatro horas começa a cantar. Mas hoje ele estava em silêncio. As Saracuras Três Potes, que cantam em seguida, também estavam quietas. Quietos todos os pássaros.

Apalpei-me...

Estou vivo, pensei, mas por que os passarinhos estão quietos, se ontem mesmo eles cantaram na hora certa e também estava frio e havia neblina?

É difícil catalogar o canto dos pássaros e, depois, transformá-los em assobios e registrá-los em meu gravador.

Custei muito a aprender este rude ofício. Mas para isto existo.

Os velhos têm que catalogar tudo, para não esquecer – o esquecimento é o nada. Creio que, Por isto, uns catalogam fotografias antigas. Outros miniaturas de automóveis...

Eu catalogo o canto dos pássaros.

Fiz um pacto com Deus e, um dia, os juntarei numa singela sinfonia. E, ao executá-la, ouvirei Seu eco. A voz do Grande OM é o eco que resvala nas pedras, nos precipícios...

e volta a nós, como voltam a nós tudo o que dizemos, o que fazemos.

Um dia ouvirei meu eco e me sentirei feliz por ter dado tanto gritos de desespero por ter feito tantas orações, por ter ouvido tantos silêncios.

E no silêncio ter compreendido a Grande Sinfonia do Universo.

A chama de uma vela*

Hoje de manhã fui ao supermercado para comprar o almoço e, entre materiais de limpeza e graxas de sapatos, descubro algumas caixas de velas.

Me detenho, pego um maço e o examino com ternura: as velas me trazem recordações.

Muitas vezes me comovi quando, nas viagens noturnas, das janelas dos trens, via uma vela ao longe, me mostrando que havia vida – vida solitária, mas vida – em todos os lugares.

Muitas vezes meditei sobre a vida.

Muitas vezes meditei sobre as velas.

No cristianismo elas são elementos que iluminam santos, anjos, o Deus Crucificado.

No Budismo, dizem que "a consciência é como a chama de uma vela, que é e não é a mesma nas diferentes horas da noite".

Na filosofia, Bachelard diz que "... diante da chama de uma vela nos comunicamos moralmente com o mundo".

Em minha memória afetiva, sempre as liguei a meu pai:

Morando em estações ferroviárias, sem eletricidade, era à luz de vela que ele lia seus livros.

Era à luz de vela que, na velhice, orava diante da imagem de Nossa Senhora, em seu quarto.

Foi cercado por velas que vi seu corpo, no caixão na sala.

---

* Pra Caco Coelho, Marco Antônio Braz e Jorge Farjalla, pelas luzes e sombras em nossos palcos.

Foi à luz de vela que durante um ano e meio vivi em um sítio deserto, lendo Dostoiévski e buscando um sentido para minha própria vida.

As velas já me entristeceram, já me fascinaram, já me deram medo... Mas agora, com as velas entre as mãos me alegro.

Vou comprá-las. Vou acendê-las quando meu neto chegar, no final do ano.

Vou ensiná-lo a brincar de sombras.

Cantar com ele a canção de Lady Gaga:

"Se você não possui sombras, você não está sob a luz..."

Tenho certeza que ele compreenderá.

As Crianças, como os Artistas, compreendem as coisas ocultas.

Breve crônica sobre o amanhecer

Na beira do Rio Verde, em frente à minha casa, os passarinhos começam a cantar.

Nas redes sociais, discussões e agressões por causa de política, de futebol, de filmes que ganharam ou não o Óscar...

Estou cansado de ódios, de acusações, de divisões.

Desligo o computador.

É melhor ouvir os pássaros.

Sento-me na varanda, fecho os olhos e procuro mergulhar, em imaginação, em nosso Brasil profundo.

Ouço um choro de criança.

De criança que nasce.

Talvez este seja o único choro que nos traz alegria. A alegria da vida que começa.

Saio do transe imaginativo e vou fazer um café.

Enquanto a água esquenta, volto a pensar na discussão do Facebook e me recordo da frase de Dostoiévski:

"Deus e o diabo estão em luta na terra. O campo de batalha é o coração do homem".

Gostaria que meu coração estivesse em paz.

Não é possível: sou artista.

Mas, de qualquer modo...

Amanhece!

Quireras

De repente a gente se sente como se estivesse rodeado por abelhas doidas que nos mordem, azucrinam... e não nos deixam o mel.

Aí, pensamos: lá fora tá uma chuva gostosa – se eu sair, posso parar no primeiro botequim e tomar um café quentinho ou, quem sabe?, um copo de vinho de colônia, o mais barato – desses que só nós, os que temos o paladar mal-educado, gostamos...

E saímos.

A rua está vazia, anoitece.

Esta é a hora mais enigmática, quando os garçons ainda limpam os bares, tiram as cadeiras que estavam de cabeça para baixo sobre as mesas e as colocam nos lugares para que os futuros fregueses as encontrem arrumadas...

Que momento solitário é ser o primeiro a entrar num bar e pedir a primeira dose.

Que momento gostoso é nem saber se hoje é segunda, quinta ou sexta, ou sábado...

Num restaurante chique tocam "Ode à alegria", de Beethoven, e passo direto.

Num Boteco, tocam "Vai Malandra", de Anitta, e passo direto.

Gosto de Beethoven. Gosto de Anitta.

Mas hoje, neste começo de noite, sozinho num bar qualquer, quero ouvir Lupicínio Rodrigues ou Antônio Maria ou Altemar Dutra, ou Reginaldo Rossi... esses compositores tão queridos que combinam com aquele vinho barato, aquele torresmo de barriga, aquele lambari sequinho...

Esses compositores que, mesmo com suas desilusões amorosas, ou até por causa delas, nos fazem sentir que a vida é feita de quireras.

E são tão boas estas quireras.

Como viver cem anos

Fazia compras na feira quando uma amiga, que procurava produtos orgânicos, me apresentou à sua colega: "Você conhece o Braz?"

A tal colega abriu um sorriso e me cumprimentou com o tradicional "Muito prazer".

Conversamos um pouco e, quando me afastei, ela cochichou: "Esse que é o Braz? Meu Deus, que bagulho. Tá um caco..."

Fingi que não ouvi e me afastei rapidinho. Em casa, pensei: como é que a gente sabe quando está velho? E conclui: quando você vai a um restaurante, enche o prato de torresmo, pezinho de porco, toucinho, etc. e alguém da sua família diz: "Deixa ele comer. Que que tem? Tá com vontade, não faz mal nenhum...".

Ou quando começam a dizer que o importante é ter o "espírito jovem". Aliás, quando alguém diz que você tem o espírito jovem significa que você está velho pra burro.

Mas o melhor é não pensar nisso e, principalmente, não falar com ninguém pois senão pode acontecer com você o que aconteceu comigo quando comentei com um amigo: "Cara, eu acho que estou no fim!"

Ele deu uma risada e disparou: "No fim? Você tá é no finzinho!".

Millôr Fernandes disse que "Só existe uma maneira segura de remoçar: é andar sempre com pessoas vinte anos mais velhas que você".

Mas, cá pra nós, estou na casa dos oitenta, onde é que eu vou arranjar uma pessoa vinte anos mais velha que eu?

E o Millôr continua: "Você está realmente velho quando...:

a) ... uma mulher declara que vai te amar pelo resto da vida e você pensa (mas não diz): "Grande vantagem!"

b) Você é um homem velho no dia em que começa a achar que todo mundo está morrendo muito moço".

Mas a velhice tem algumas compensações, e a primeira delas é que ninguém vem te chatear querendo vender seguros de vida.

Para quem quiser, existe uma maneira de viver muito, viver mais de cem anos: não beber, não fumar, não comer carne, não comer coisas picantes, não comer glúten, não beber café, não pensar em mulheres, não transar, não sentir emoções fortes...

E.. não ler crônicas de velhos cronistas que não têm o que fazer...

esses ranzinzas

Fatal

Acordei cedo. O dia estava bonito, o céu azul, a feira livre dando alegria ao bairro... eu estava disposto e, como de costume, fui à padaria.

Logo que entrei, a balconista, com um bonito sorriso, me atendeu e pedi um café. Foi então que ouvi a voz, grave, lenta, em minhas costas: "Café. Um veneno, aumenta a pressão. É fatal!"

Virei-me assustado, era o Gravatinha.

O cumprimentei, formalmente, enquanto a jovem, que me servia o café, perguntou "O que mais?"

Respondi: "Um pãozinho francês!" E ouvi novamente o Gravatinha: "Glúten. Acaba com a saúde..."

Comecei a perder o humor. "O que é que esse cara tem com minha vida?", pensei, mas por educação ofereci, ele recusou e, notando que eu olhava muito para a moça do balcão, cochichou: "O coronavírus anda solto...".

Fiquei inquieto, não queria estragar meu dia e, para me livrar do chato, paguei e dei a desculpa mais esfarrapada que consegui: "Vou fazer uma caminhada!"

Ele não desistiu: "Caminhar é assalto na certa. Fatal! Mas eu vou contigo".

Não queria que ele me acompanhasse, não aguentaria dez minutos daquele papo, e entrei no supermercado ao lado da padaria. Gravatinha entrou junto, para meu desespero.

Fui até o setor de queijos. Ele olhou e disparou: "Queijo. Colesterol puro."

Incomodado com aquela ave agourenta me tirando o prazer do dia, mudei de gôndola e como dizem que vinho faz bem, peguei uma garrafa. Não adiantou. A sentença de Gravatinha foi imediata: "Álcool dá cirrose! É fatal!"

"Meu Deus", pensei. "O que é que fiz para merecer esta tortura?" E para me livrar de vez da situação desagradável saí rapidamente, mas... ele me acompanhou.

Na esquina ainda parei para comprar uma caixinha de morango mas, antes de pegá-la, Gravatinha me deteve: "Agrotóxico puro!"

"Que diabo", disse pra mim mesmo "Esse cara não desgruda, me enche a paciência. Eu que acordei feliz, que só pensava em passar um dia feliz... ".

E para não ser indelicado, menti: "Gravatinha. Tô indo pra casa. Tá na hora de tomar o remédio tal...."

Ele chegou seu rosto perto do meu e falou:

"Remédio? Hummm, te observei, Braz. Tu és encanado com tudo, muito pessimista, é isso que te faz mal. Tens que mudar. Tens que ser como eu, otimista, viver a vida. Viver do jeito que tu vive, com medo de tudo, implicando com tudo... É fatal!"

O anjo torto

Cansado, 11 horas da noite, sirvo-me de um uísque e sento-me na varanda fazendo contas do que tenho que pagar: é água, luz, gás, telefone, iptu, ipva... e, de repente, escuto uma voz desagradável, de taquara rachada: 037969....

Paro por uns segundos, procuro a voz, bebo um gole do uísque e continuo a somar, diminuir, multiplicar e, outra vez a voz repete 037969.. e percebo que é o número de meu CPF.

“Estou ficando louco?”, penso. E a voz me diz:

“É você mesmo, Braz. Você é um número, só isso. Um número” e ao mesmo tempo, um ser estranho pula em minha direção derrubando a mesa, quase quebrando o copo... Quero gritar mas consigo soltar apenas um trêmulo “Quem é você?”

E a “coisa” riu novamente: “sou seu anjo da guarda!”

“Anjo?”, pergunto e só então noto sua figura magra, terno ensebado, com caspas...

“Está estranhando, Braz? Pensava que seu anjo era um desses bonitinhos, com asinhas delicadas?”

Disse isto e abriu duas asas sujas, com cheiro de galinha molhada, que me revirou o estômago.

“Vim aqui porque estou com pena de você, Braz. Você é uma besta!”

“Escuta aqui.”, ia xingar mas ele me cortou:

“Já parou pra pensar na sua vida? Um homem na sua idade somando centavos, preocupado com boletos idiotas? Ora, tenha paciência...”

"São contas. Não tá vendo? Tenho que pagar!"

"Eu sei, eu sei.", ele disse. "Mas e sua vida?"

"Vida?"

"É, vida. Já olhou como está bonita a noite? Olha a cidade - ele disse, apontando as luzinhas ao longe -, tem muita gente amando, brigando, muita gente aquecida, muita gente com frio... E você aqui pensando em contas? Tenha a santa paciência. Pense em outra coisa. Pense no seu neto que está crescendo, nas mulheres que você amou, pense nas estrelas. Isto: o que é você diante das estrelas? "

Ia responder mas ele me cortou novamente:

"Vida."

"O quê?"

"Vida. É isto que você é diante delas. Olha o rio lá embaixo. Está escutando as águas se movimentando? Olha as árvores. Tudo está em harmonia e ninguém está pensando em dinheiro".

A criatura me incomodava, mas senti que havia verdade no que me dizia. Estava me preocupando demais, vivendo de menos.

Mas não tive tempo de dizer-lhe isto. O anjo chacoalhou o corpo, como se quisesse se enxugar, e novamente o cheiro de galinha molhada me causou enjoo. Ele percebeu, deu uma sonora gargalhada, dizendo:

"Você não tem jeito. Tome sua bebida. Escute sua música. Este é meu cheiro. Você também tem o seu".

E levantou voo. Um voo torto, mal-ajambrado. E lá do alto gritou: "Os idiotas também têm cheiro! Rá-rá-rá-rá-rá.... Os idiotas também têm cheiro!"

E sua gargalhada sumiu no espaço e, no silêncio, senti com mais intensidade o barulhinho das águas correndo, das folhas balançando, a luz brilhante da cidade que dormia.

memórias

O arco-íris!

No rádio sobre a cristaleira da sala, Cascatinha e Inhana cantavam "Índia" e, logo em seguida, o locutor fazia o anúncio dos patrocinadores: "Melhoral, melhoral, é melhor e não faz mal"...

Quando começava a trovejar, minha avó pegava uma lata com palhas bentas e esparramava a fumaça pela casa, murmurando suas orações. Meu avô, vestido de pijama, desligava o rádio para não queimar, observava tudo e, quando a chuva despencava, me gritava para fechar a vidraça.

Sobre uma cadeira, eu observava a enxurrada carregando folhas, galhos, latas...

A tempestade era mistério que eu temia.

Quando cessava, a vida na Rua da Cotia recomeçava, mulheres contavam os estragos que o vento tinha feito em suas casas, homens examinavam telhados, nós, as crianças, brincávamos nos pequenos riachos que desciam a rua, rentes às calçadas, gritando, apontando o céu: "O arco-íris... O arco íris...".

Meus avós eram velhos e eu pensava que sempre foram assim. Não podia compreender que há infância, juventude, velhice, morte. Aliás, a morte acontecia em outras paragens, não em nossa casa.

O tempo passava devagar. Mas, de repente... De repente, como escreveu Alarcon, "o que se passou, então? A vida. E eu estou velho".

E, como todo velho, vivo também da memória e, às vezes, misturo as coisas.

Da varanda vejo o céu escurecer. As nuvens estão carregadas, gotas grandes começam a cair e entro em casa.

Escrevo num pedaço de papel o que preciso fazer amanhã. Furando-o no meio, enfio no buraco a chave da cozinha e, em seguida, coloca-a na fechadura. Assim não esquecerei compromissos.

Meus avós e meus pais morreram, há muitos anos, minhas mulheres morreram ou partiram. As tempestades não são mais mistérios.

Pela fresta da janela observo a água carregando folhas, galhos... e ouço as crianças lá fora, correndo pelos pequenos riachos que descem a rua, rentes às calçadas, gritando, "O arco-íris... O arco-íris"... Fecho as frestas da janela. Tudo fica escuro. Tudo se repete. Sem pressa e sem pausa...

Anoitece.

Uma valsa na madrugada

Há tempos eu tinha um restaurante noturno onde recebia os amigos.

Era um ambiente agradável e ficava aberto até a madrugada.

Mas, uma noite, tempo chuvoso, resolvi fechá-lo mais cedo.

Estava apagando as luzes quando parou um carro e desceu uma jovem, muito jovem, e me cumprimentou como se me conhecesse.

Expliquei que não estava servindo mais bebidas (ela parecia ter uns 16 anos, era menor) e que a cozinheira já tinha saído.

Não se incomodou. Abriu um bonito sorriso e disse:

"Não quero beber nada. Vim dançar uma valsa com você, Braz. Tem alguma fita de valsa?".

Não sei dançar. Sou desajeitado, mas diante do inusitado convite coloquei a tal fita e nos abraçamos com delicadeza.

Foi um tempo de grande ternura, de grande carinho...

De repente ela deu um grito de alegria: "Olha que bonito, está amanhecendo".

Beijou-me o rosto, foi até o carro e, enquanto abria a porta, gritou: "Obrigado. Estou feliz!".

E partiu, para sempre.

Não sei seu nome, nem de onde veio, para onde foi.

Era apenas uma garota que desejava dançar comigo, um homem velho.

Mas por que conto esta história quase absurda?

Talvez porque está uma dia triste e chuvoso, como naquela noite triste e chuvosa.

Talvez porque li uma postagem de uma amiga onde ela diz que:

"Se eu pudesse agora, produziria a minha arca de Noé, chamando todos e tudo que amo, pessoas, bichos, plantas e árvores, flores e música, o sol e a lua e o barulho das ondas, e zarparia daqui rumo à um mundo novo, um planeta gentileza em formato de coração, pulsando feliz por nos receber"...

E também me deu vontade de construir uma arca e partir à procura de tantas pessoas que passaram por mim e que me fizeram bem.

Pessoas tão despidas que não disseram nem seus nomes, não desejaram nada além de dançar uma valsa, que apenas me deram um abraço, um beijo no rosto e desapareceram deixando para sempre a felicidade de uma memória, de um toque, de uma certeza que um dia nos abraçaremos, todos, e dançaremos sem nos importar com a noite, sem nos importar com o dia.

Porque tudo será vida.

Meridiano*

Acordávamos antes do primeiro trem, o Expresso. Íamos dormir depois do último trem, também Expresso. Entre os dois havia o MC1 (misto de carga e passageiros) e o MC2, também misto. Um ia em direção a Cruzeiro, outro em direção a Três Corações.

Meu pai era agente de estação de roça e, num tempo em que não havia TV ou rádio de pilha, o trem era nossa única ligação com o mundo exterior, mesmo me dando a sensação que este mundo terminava depois da curva em que ele sumia.

Era de trem que íamos à cidade, de 15 em 15 dias, vender os queijos que minha mãe fazia para aumentar a renda da família numerosa.

Foi num trem que parti, ainda criança, para morar na casa de meus avós, depois na de meus tios.

O trem era a realidade.

Na literatura, descobri mais tarde, o trem é um elemento importante no romance Ana Karênina. É num trem que começa o romance O Idiota, do grande Dostoiévski.

Foi num trem que o cego de "Apólogo Brasileiro sem Véu de Alegoria", de Alcântara Machado, causou um tumulto porque faltava luz.

Agora, diante do computador, penso novamente nos trens: eram nele, em grandes pranchas, que era transportado o minério de ferro de Minas para a Siderúrgica de

* O poema do final é de Oswald de Andrade

Volta Redonda e para o embarque em navios para outros países.

O trem era um símbolo de ligação, de partidas e de chegadas.

O trem da infância é apenas memória.

O trem da literatura, a modernidade de um século de mudanças.

O trem de minérios, um símbolo da morte.

Mas a vida segue e
"Lá fora o luar continua
E o trem divide o Brasil
Como um meridiano"...

Um velho tanoeiro

Na década de 60, viajando pelo interior de Pernambuco, fiquei alguns dias num pequeno vilarejo desabitado, um círculo de casas pequeninas ao redor de uma igrejinha tão silenciosa que me permitia escutar o tec-tec das folhas ressecadas estalando há mais de duzentos metros de distância. Naquela época estava mergulhado na literatura francesa e pensava muito na frase de Gide: "Para ver Deus, é necessário deixar o mundo."

Como não havia água no lugarejo, um velho tanoeiro, todas as tardes, vinha me trazer dois pequenos barris, fabricados por ele, cheios de água que pegava em um antigo açude.

Ele se aproximava em silêncio, dividindo o peso da carga com seu jegue, gesto que a princípio me pareceu cômico, depois me comoveu.

Transferia a água para a caixa que me abastecia, sempre deixando um pouco para refrescar seu animal, e contava uma história, uma única história, de quando Lampião e seu bando passaram por ali.

Era um momento especial. Seus olhos se iluminavam, falava das festas, das danças, das mulheres, e se rejuvenescia.

Quando ele partia, eu sentava na calçada de pedras, servia-me de um generoso whisky e, na imaginação, reconstituía os bailes na pracinha, os sons das sanfonas e ouvia o arrastar de sandálias, o riso das moças casadoiras, a gritaria das crianças.

Assim levava a vida, até que certo dia a fita da máquina de escrever ficou muito gasta e, já quase sem estoque de papel, fui a Recife me reabastecer.

Comprei livros de Camus, de Sartre e, num gesto de curiosidade, um livrinho de cordel sobre São Francisco de Assis.

De volta ao vilarejo, comecei a ler o cordel, por achar que seria o mais descartável, mas imediatamente fui tocado por uma revelação: Francisco de Assis, sem dizer uma palavra, me mostrou que Gide estava errado: não era preciso deixar o mundo para ver Deus. Ele estava ali, naquelas aves que se escondiam sob as folhas nos dias ensolarados, no pequeno açude que teimava em continuar, nas casinhas vazias, na igrejinha e, mais que tudo, Ele estava naquele tanoeiro que tratava seu jegue como irmão.

Naquela noite sentei-me, sozinho, no interior da pequena igreja e ouvi – ouvi com os ouvidos da alma - o farfalhar dos espíritos atravessando a nave, saindo para o átrio, enchendo a praça, como Pedro Páramos sertanejos que com seus sonhos, sua coragem, seus atos de fé e de bravura, construíram, ainda que de maneira penosa e rude, a nossa história.

São Francisco dizia que o corpo é o burrico que carrega nossa alma. Outros, com mais pompa, disseram que o homem é o templo de Deus. Seja o que for, aquele tanoeiro era a biblioteca que conservava a História escrita pelos espíritos de seu povo e que, de tanto ser contada, ia se modificando dentro de sua mente e se tornando outras histórias. O que antes foi sofrido, com o distanciar do tempo ficou bom. O que era pequeno tomou dimensões épicas.

O tanoeiro e seu jegue já morreram há muitos anos. Não sei se o lugarejo ainda existe. Eu me tornei um velho que, como todos os velhos, vive procurando coisas escondidas na memória.

De vez em quando encontro com meus espíritos e, sentado na varanda, bato longos papos sobre minha própria vida. É uma maneira, como outra qualquer, de esperar o burrico que me levará pela última vereda, em direção aos Páramos onde nossa gente dança, num bonito baile, seus forrós, seus arrasta-pés e toda música de suas almas. Um bonito baile onde encontrarei novamente o velho tanoeiro, ouvirei suas histórias e, juntos, nos abasteceremos de água, de ternuras, de infinito.

contos curtos
(BÔNUS)

Última homenagem

Acordei quando ela entrou no quarto e depositou a rosa vermelha no jarro sobre a penteadeira.

A mesma rosa que coloquei sobre seus seios, antes de fecharem o caixão.